Robert van Gulik

POETS AND MURDER

中秋案

〔荷兰〕高罗佩——著
张凌——译

大唐狄公案

MORE JUDGE DEE MYSTERIES

上海译文出版社

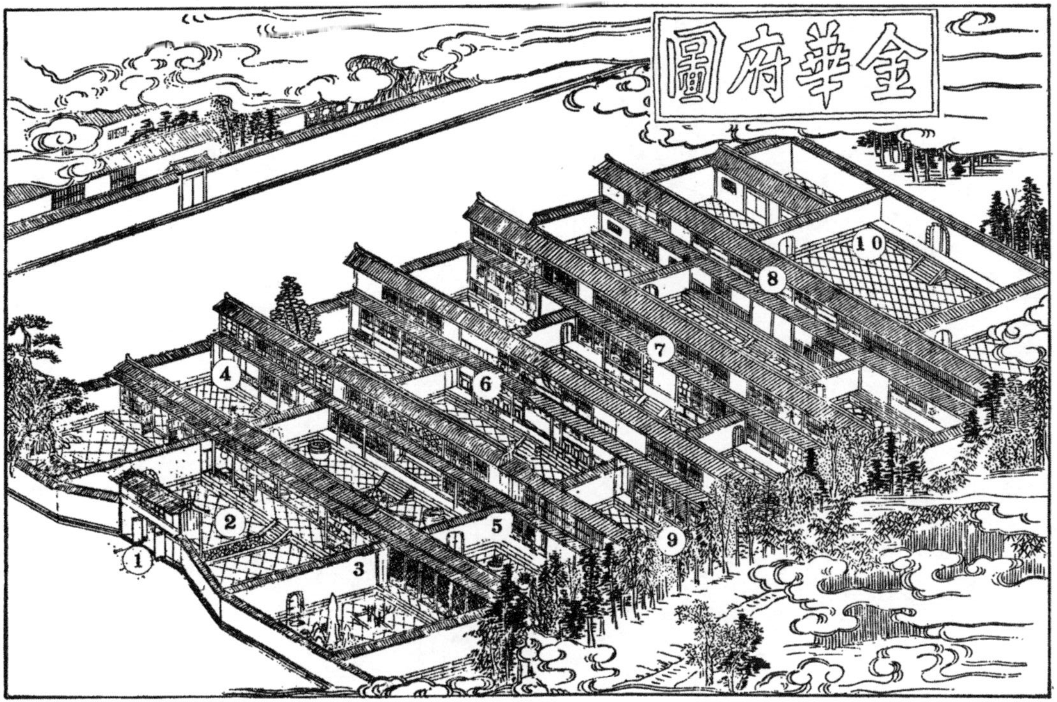

金华府图

1. 正门　2. 前院　3. 狄公住处　4. 书斋，即邵繁文住处　5. 张岚波住处　6. 大厅　7. 四进庭院
8. 女眷内宅　9. 狐仙祠，即鲁禅师住处　10. 后院灶房

插 图 一 览

人　物　表

狄仁杰：蒲阳县令，在邻县金华驻留几日。

骆贯中：金华县令，雅好作诗。

高　方：金华县衙师爷。

邵繁文：文学博士，曾任翰林学士承旨。

张岚波：馆阁诗人。

幽　兰：著名女诗人。

鲁禅师：禅僧。

孟肃斋：茶商。

宋一文：书生。

小凤凰：舞姬。

郁　金：黑狐祠女巫。

一

胖和尚盘腿坐在禅床一角，定定注视着来人，默然半晌，方才嘶声答道：“恕难从命。今日午后，贫僧定得离开此地。”说罢伸出汗毛浓密的粗糙大手，握住置于膝头的旧卷册。

对面的男子闻听此语，一时竟无言以对。此人身量颇高，穿着整洁的蓝布长袍与玄丝外褂，为了前来此处，不得已徒步走过整条寺庙街，如今已颇觉疲累，更何况粗疏无礼的主人甚至不曾开口赐座。若是这粗鲁的丑和尚不去赴那雅会，倒也未为不可……男子心怀嫌恶地打量和尚几眼，只见圆圆一颗光头缩在宽阔的双肩之中，面色黝黑，两颊松弛，蓄着一圈粗硬的短须，鼻翼多肉，嘴唇肥厚，两眼格外硕大而凸出，看去活像一只令人嫌恶的癞蛤蟆。打有补丁的僧袍散发出一股汗臭味，与天竺熏香的气息混杂一处，弥漫在闷塞的房中。

此时从敏悟寺另一头传来嗡嗡的诵经声，男子侧耳倾听片刻，暗暗叹一口气，开口又道：“师父在上，骆县令若是得知此事，定会大失所望。今晚在衙院内备有小酌，明夜则预备去翠玉崖排下中秋野宴。”

和尚哼了一声：“骆县令该是明白事理才对！还晚宴哩，简直岂有此理！再说他为何不亲自前来会我，却派你这师爷代劳？”

“师父有所不知，适逢刺史途经此地，今日一大早便召骆老爷去城西官驿，会同全州十四位县令相与议事，之后又在驿馆内设下午宴招待众人，老爷焉得不去。”男子说罢清清喉咙，歉然又道，“在下方才所说的晚宴，既是私家小聚，亦是诗界雅会。只因……”

“还有哪些客人？”和尚插言问道。

“说来头一位便是邵繁文邵公，还有馆阁诗人张岚波张公。他们二位今早已到府内，并且……”

“贫僧与这二位相交多年，对其诗作亦是知之甚详，因此无须再会。至于骆县令的打油诗……”和尚说到此处，恶狠狠瞥了对方一眼，忽又问道，“还有何人？”

“回师父话，还有邻县蒲阳的狄县令。他也是奉刺史之召而来，昨日刚到此地。”

和尚猛吃一惊，不禁叫道：“蒲阳县令狄仁杰？见鬼，为何他要……？”接着怒道，“你不会是说他也要出席诗会吧？一向听说他才思平平，与彼同席，好生无趣。”

高师爷入寺见禅师

男子抬手轻捻几下髭须，郑重答道："狄县令与我家老爷既是同僚，又是至交，被视为自家人一般，出席府内宴会，自是理所应当之事。"

"你这人倒真是谨小慎微!"和尚嘲笑一句，鼓起两腮，思忖半晌，看去愈发像是一只癞蛤蟆，歪嘴冷笑一声，咧开两片厚唇，露出一排参差不齐的黄牙，"狄县令?"又用凸出的两眼紧盯来客，似是若有所思，抬手摩挲着粗硬的颊须，发出刺耳的刮擦声，听得男子只觉头皮阵阵发麻。

半晌过后，和尚垂下眼帘，低声自语道："此番前去，想必会是有趣的尝试，不知他对狐狸有何看法！听说这厮很是聪明过人。"忽地抬起头来，哑声说道，"师爷可否重述一下尊姓大名？包还是郝还是什么?"

"在下姓高名方，敬听师父吩咐。"

高师爷见和尚凝神望向自己身后，便也转头看去，却不见有人走进门来。

和尚突然说道："且罢，贫僧改了主意，高师爷可回去禀报你家老爷，就说我接受此请。"说罢见对方面色漠然，不禁狐疑地瞟了一眼，厉声又道，"顺便再问一事，骆县令怎会晓得贫僧住在这寺内?"

"早有传闻说师父两天前便到此地，骆老爷命我今早前来寺庙街打探消息，经人指点后，我就直奔这……”

“原来如此。不错，贫僧原本打算两天前抵达此处，但在途中耽搁了，故此今早方抵。不过这不关你事，及到午膳时候，我自会去骆县令府上，务必给我预备些斋饭，还有一间清静的小室，切记小倒无妨，但须整洁。高师爷，你可以走了，我这里还有些事情要料理。你瞧，即使一个断了尘缘的出家人仍不免事务缠身，包括埋葬死人，有过去的，也有如今的！”和尚说罢呵呵大笑，竟至双肩震颤，又蓦然止住，“后会有期！”

高师爷手笼袖中，恭敬施礼，随即转身离去。

和尚翻开放在腿上的旧卷册，却是一本古旧的卜书，抬手指向一处章节名目，大声念道：“黑狐将出洞，众人须警戒。”随后合起书卷，一双凸出的蛤蟆眼直瞪着门口。

二

“熏鸭真是美味至极！”骆县令两手交叠搁在肚腹上，口中赞道，“只是猪蹄过酸，至少就我的口味而言，醋放得多了些。”

狄公坐在骆县令舒适的官轿中，二人正从驿馆一路返回金华县衙。狄公手捋长髯，开口说道：“关于猪蹄，骆兄言之有理，不过另有许多佳肴，真乃一场豪奢盛宴。我看刺史甚为干练，能迅速领会眼下情势，关于此番议事的总述，更是令我受益匪浅。”

骆县令翘起兰花指掩住口唇，轻轻打了一个饱嗝，然后扶正髭须的尖细末梢。“受益匪浅倒也不假，不过更是乏味无趣哩。老天！为何竟如此酷热？”说罢将乌纱帽朝后一推，露出汗湿的前额。二人皆是身着全副墨绿官袍，有上司刺史莅临时礼须如此。清晨还颇有几分凉爽秋意，但值此正午时分，似火骄阳正热辣辣照在官轿顶上。

骆县令打个哈欠，又道：“狄兄，既然议事已毕，我们不妨转而想想更饶乐趣之事！我已定下了这两日内的详细日程，你千万要赏光莅临，我可是筹划得十分精心哩!”

“骆兄一向好客，唯恐令你操劳过甚！还请不必为我格外费心，只要能在你的精雅书斋里略读上几卷，我便……”

“仁兄大可不必枯坐闷读!”骆县令掀开轿窗的挂帘，抬手一指街中悬着各式彩灯的店铺门面，“明日便是中秋佳节，我们今晚便开始庆祝！宴席虽小，难得尽是雅客。”

狄公微微一笑，听人提及中秋节，心中却陡生憾意。此节非比寻常，当与家人同庆才更有意趣，通常由内眷主持操办，小儿女们更是重要角色。原本指望能赶回蒲阳去月满人圆，奈何刺史要过六七日才返回州府，命自己在金华再留两日，以便有事相召。狄公想到此处，不禁叹息一声，心中更愿立即打道回府，不单是为了过节，只因蒲阳县衙还有一桩棘手的诈骗官司悬而未决，想要回去亲自料理。正是因为这桩官司，今番才独自一人前来金华，留下亲信谋士洪亮与其他三名随从搜集证据，以备提起讼事。“哦，你方才说到何人?”

“邵繁文邵学士，仁兄！他已答应赏光驾临敝府。”

“你说的莫非就是前任翰林学士承旨？此人不久前还在起草一应重要圣谕。”

骆县令咧嘴笑道：“正是，正是！当今的文坛泰斗，诗文俱佳。还有馆阁诗人张岚波也将与我等共聚一堂。”

“老天，又是一个如雷贯耳的大名！骆兄真不该自谦为才疏学浅、粗通门径！如此诗界名流前来相就，正是表明……”

骆县令连连摆手：“哪里哪里！无有那般幸运，纯是机缘巧合罢了。邵公恰好在回京途中路过此地，而张公正是金华籍人氏，此番前来回乡祭祖。你也知道这金华县衙原是一座皇家消夏别墅，二十年前，曾隶属于那臭名昭著、希图谋反的九皇子，其中有许多独院，还有景致宜人的花园。两位大人物肯应邀而至，只因敝府想来总比驿馆更舒适些！”

“骆兄未免过谦了！邵张二位均是品位甚苛，若不是骆兄的大作令他们印象甚深的话，又岂肯前来。他二人几时驾临？”

“此刻想必已到府内！我吩咐管家在大厅里伺候午膳，由师爷代我做东，你我很快便可回去。”骆县令说罢，扯开窗上的挂帘，“我的天！高方在那里作甚！”随即从轿窗探出头去，对轿夫长喝道，“停下！”

官轿在县衙正门前稳稳落地，狄公朝窗外望去，只见一群百姓正聚在石阶前，看去骚动不安，有个身着黑褂蓝袍、衣履整洁的男子，认得出是高师爷，旁边一个瘦高男子，身穿镶黑边的褐色衣裤，戴一顶镶有红缨的黑漆头盔，应是衙役班头，另有二人似是平常百姓，还有三名衙役立在几步之外，和班头一式穿戴，只是头盔上少了红缨，腰间缠有细铁链，夹板与手铐悬垂其中。

高师爷快步走下石阶，在轿窗前躬身施礼。骆县令开口问道："高方，出了何事？"

"回老爷，两刻钟前，茶商孟掌柜的管家前来报上一起人命案，有个姓宋的书生租赁孟家后院，结果被人杀死，财物也被盗窃一空。此案似是出在今日一大早。"

"佳节前夜居然出了人命案！好不晦气！"骆县令对狄公低声说罢，转头又对高师爷问道，"我请的客人是何情形？"

"老爷刚走，邵公便驾临府内，然后是张公。我陪着二位看过住处，道是老爷有公务在身，不能亲自恭迎，正预备进午膳时，鲁禅师也到了。用过午膳后，三位便自去歇息。"

"好好，如此说来，我立时便可去查勘案发之处，待午休过后，再从容恭迎贵客不迟。高方，你叫班头带上几名衙役快马先行，命他们务必小心，不得让任何人动过手脚。你可已告知仵作？"

"正是，老爷。我还携来有关死者与其房东孟掌柜的一应案卷。”高方说罢，从袖中取出一札文书，恭敬呈上。

“办得好！你且留在衙里，看看有无要紧的文书送来，再打发些例行公事！”骆县令说罢，见轿夫长正在一旁听得起劲，冲他喝问道，“你可知道孟掌柜家？离东门不远？好，这便过去！”

官轿起动后，骆县令抬手按住狄公的手臂，急急说道：“搅扰了狄兄午休，望勿介意！如今着实需要你助我一臂之力，独自一人且又酒足饭饱，实难应对这杀人案子，我怕是多贪了几杯，本该稍稍节制才是。”说罢揩揩面上的湿汗，又忧心问道，“狄兄当真不会介意吧？”

“自然不会，只要绵力所及，狄某无不如命。”狄公手抚长髯，又淡淡说道，“特别是此次我将与你同临现场。不久之前，骆兄在乐园里瞒天过海，今番无望再故伎重施了！”

“不过仁兄也未见得凡事都据实相告吧，我是说去年巧构托辞、从敝县赚去那两个俊俏粉头一事！”[1]

狄公苦笑一声：“好吧，你我就算两抵了！但愿这次只是寻常案子，杀人常是为了劫财，让我先看看死者究竟为何人。”

---

[1] 见《红楼案》与《铜钟案》。——原注

骆县令连忙将那一札文书塞入狄公手中。“仁兄不妨先看案卷，让我稍稍休憩一二刻，养足了精神再说，去东门的路还长着哩。”说罢将官帽朝前一推，遮住两眼，背靠软垫，心满意足地长吁一口气。

狄公拉开身旁轿窗上的挂帘，以便日光照入，然而在开读之前，先对着骆县令那张通红的圆脸膛若有所思打量半晌，能目睹他如何勘查人命案，定会颇有趣味。身为一方县令，若是没有刺史急召，便不得擅离治下，因此鲜少能有机会见到同行如何行事，况且这骆县令又着实与众不同。其人家产甚丰，有传言道是他之所以接受金华县令这一委任，只为藉此能有一处独立官衙，以便尽情沉溺于诗酒风流之中。金华向来是一处大不易的任所，要维持那一座王府的日常起居用度，唯有家资甚富者方可胜任，同僚们私下里都说这便是骆县令得以留任该职的一大原因。然而狄公时常疑心骆县令放浪形骸、疏于公事的做派，多半还是有意佯装，或是精心培养而成。事实上，他将金华县治理得井井有序，方才决意亲自去案发之处，更是令狄公心中暗赞，许多县令常会将这例行勘查交给下属去办理。

狄公翻开案卷，首页便是有关死者的详录。此人名叫宋一文，年方二十三岁，尚未成婚，由于在院试中名列前茅，故而得了一笔赏金，用于编纂前朝旧史，半月前来到金华，当即在县衙登记，请求驻留一月。他对高师爷道是此行专为查考金华地方史志，想从官府旧录中找到有关数百年前一场农民暴动的记载。高师爷准许他去档房内自行查阅，从所附的造访记录来看，这半月之内，宋一文每天下午都去县衙书库中消磨。

另有一卷是关于房东的记录：孟肃斋，茶商世家出身，十八年前娶同业之女黄氏为妻，生一女一男，女十六岁，男十四岁，另有官注在册的一妾，并附有婚娶与出生文书。狄公不禁点头暗赞，高师爷显然十分得力。孟掌柜现年四十岁，一向按时缴税，还时常行善积德、扶助乡邻。他既是寺庙街中敏悟寺的檀越，则必是信佛之人。念及此处，狄公不禁想起一事，于是抬肘轻推正在微微打鼾的骆县令，问道："适才高师爷提起一位禅师，不知是何情形？"

"禅师？"骆县令犹自睡眼惺忪。

"我恍惚听见高师爷说有位禅师在贵府进午膳，难道不是？"

"一点不错！仁兄想必听说过鲁禅师？"

"却是不曾。我与僧众之流素无交情。"身为正统儒者，狄公对佛教颇不赞同，蒲阳县圣明寺[1]里一干淫僧的

---

[1] 此处有误，应为普慈寺，详见《铜钟案》。

恶行，令他心中愈发拒斥。

骆县令咯咯笑道："鲁禅师不属于任何一流。能与他谋面，实为幸事一桩，狄兄定会发觉与他交谈大有意趣。此刻我头脑清爽了不少，且来瞧一瞧案卷吧！"

狄公递过卷札，朝后靠坐，一路缄默不语。

三

孟宅坐落在一条窄巷中，官轿险些抬进不得。左右两旁皆是高大砖墙，墙头铺有饱经风雨侵蚀的碧瓦，昭显出此处皆是城内旧宅，住的亦是殷实人家。轿子停在一扇黑漆大门前，门上镶有富丽的金属饰物。班头正立等恭候，此时扬起长鞭，一小群好事者立即散去。双扇门一齐敞开，高高的轿顶擦着门楼上年久发黑的屋梁进入宅内。

狄公跟随骆县令走出官轿，朝四下一望，只见前院甚是齐整雅洁，两棵高大的紫杉布下一片荫凉，看去清爽幽静，一条青石板路直通向轩敞的厅堂，外有朱漆大柱。只见一名清瘦男子急急降阶恭迎，身穿茶青色长袍，头戴一顶黑方帽。

骆县令迈着小碎步迅速走上前去："这位便是孟掌柜？得遇本地最负盛名的茶商，实乃幸会！贵宅如此古朴端严，居然出了劫财杀人案，真是骇人听闻，更何况还是中秋前夜哩！"

孟肃斋躬身施礼，开口诉说宅内出乱以至惊动官府、深感抱歉云云，骆县令却插言道：“孟掌柜不必如此，本县向来愿为百姓出力效命！从无虚言！这位是我的同行好友，得到案报时，恰好与我在一处。”说罢抬手轻推一下，将官帽俏皮地顶在头上，“这便引路去案发之处。倘若本县不曾记错的话，应是在贵宅后院。”

“正是，老爷。可否先到大厅内稍坐，待小民奉上茶点后，再为老爷详述如此这般……”

“免了免了，孟老兄不必拘泥礼数，还请前面带路则个。”

孟肃斋面色稍变，只得躬身一揖，引着二位县令走上一道檐廊，绕过大厅，直朝后花园而去。园内围墙环绕，地上摆放着数排盆栽花卉。两名侍女见自家老爷与二位官员逶迤而来，急忙闪避一旁。班头走在最后，挂在腰间的镣铐一路当啷作响。

对面出现一片房舍，孟肃斋抬手一指：“老爷，那边是家中内宅，我们且从左首这条小路绕行过去。”

飞檐下有一条窄窄的砖石小径，靠近朱漆槅窗。狄公隐约瞧见窗内有一张白皙的俏脸，似是一个年轻女子。

众人行至果园。只见这园子占地颇广，各色果树与灌木混杂在一处。

孟掌柜恭迎两县令

“家母在世时，对于栽花植木极为有兴，亲自督管园丁做活。”孟掌柜开口说道，“自从她去年辞世后，小民难得有空……”

“罢了罢了。”骆县令说着撩起官袍下摆，这小径蜿蜒穿过果园，两旁皆是带有棘刺的野草，“那边树上的梨子，看去很是美味哩。”

“回老爷，当真是特殊佳种，结出的果子又大又甜。宋先生住在那边，从此处可望见屋顶。想来老爷自会明白，为何昨天半夜我们未曾听到任何叫喊或是骚乱之声……”

骆县令止住脚步：“昨天半夜？那你们为何今日午时才来报官？”

“回老爷话，直到今日正午，我等才发觉出了事故。宋先生平日总去街角的小摊上买几块油糕权作早点，茶水也是自行预备，午饭和晚饭则由敝宅的女仆侍候。今日午时，女仆前去送饭，不见他开门，便请我去瞧瞧。我又敲叩了几回，连叫几声，仍是不见动静，担心他会不会突发什么重病，于是命管家破门而入，这才……”

“原来如此。且罢，接着朝前走！”

果园后面有一座低矮的砖房，门板开裂，户枢也已脱出。一名衙役正守在外面，小心翼翼上前推开房门。众人走入书房，孟肃斋愠怒说道："老爷请看，凶手竟将房中洗劫成了这般模样！此屋本是家母最为钟爱之处。自从家父过世后，家母几乎每日午后都会前来，常常伏案读书习字——这里清静雅洁，临窗便可望见园中花木，如今却……"说罢颓然一瞥窗边的紫檀书案。只见抽斗全被拉开，纸张、名刺、文具散落一地。铺有软垫的圈椅旁有个红皮钱盒，盒盖半掉下来，里面空无一物。

"看来令堂甚爱读诗。"骆县令称赞一句。

靠墙的书架上堆放着许多卷册，书名均用红签标记，齐整悦目，其中还夹有不少书签。骆县令打量过后，意欲取出一册，却又改了主意，转而问道："这门帘背后，想必就是卧房？"

孟肃斋点点头。骆县令掀开门帘，只见卧房比书房略大，后墙处摆着一副简陋的床架，被褥叠起，床头边有一张小几，上面的蜡烛已经燃尽，墙上挂着一支竹笛，对面一张乌檀木雕花梳妆台，一只红皮衣箱从床下被拖出，箱盖打开，里面胡乱堆着男子衣物。后墙上有一扇厚实的木门，还配有一根粗大的门闩。死者横陈在地，旁边跪着一个身着蓝袍的矮胖男子。狄公从骆县令背后望去，只见宋一文身材瘦削，相貌周正，面上蓄有短须，发髻松散，头发粘在地席上一摊干凝的血迹里，一顶黑便帽掉在旁边，上面溅有血迹，身穿一件素白睡袍，脚登一双软毡鞋，鞋底上沾了些许干土，右耳下方有一个触目惊心的创口。

仵作急忙立起，躬身施礼："启禀老爷，死者遭到致命一击，脖颈右侧的血脉被切断，凶器似是一柄大刀或砍刀。依照尸体的状况推断，应是死于午夜前后。死者原本脸面朝下躺在这里，小人将他翻转过来，想要查看身上可有其他暴力痕迹，却是一无所见。"

骆县令低声咕哝一句，转头打量立在门旁的孟肃斋，两指轻捻须尖，似是若有所思。狄公心想这孟掌柜倒很有几分学者气度，蓄一副蓬乱的胡须，使得灰黄的容长脸面更显清瘦。

"孟掌柜，你也说过案发在午夜前后，不知有何依据？"骆县令忽然问道。

孟肃斋徐徐答道："回老爷，小民留意到宋先生虽然身穿睡袍，但是床上的被褥尚未动过。我等皆知他一向入睡很晚，有时直到午夜，窗内仍亮着烛火，于是就想到许是他将要上床时遭此不幸。"

骆县令点点头："那凶手又是如何进入房内的？"

孟肃斋叹息一声，摇头答道："回老爷话，宋先生似是常常心不在焉。家中女仆曾对拙荆说过，她们前去送饭时，总见他独自枯坐闷想，问候他一声也不作应答。昨天夜里，他不但忘记闩上这卧房的后门，也忘记闩上花园角门。还请老爷来这边过目。”

一名衙役坐在园中一只摇摇晃晃的竹凳上，见有人来，急忙跃起端立在地。狄公心想这些衙员如此训练有素，定是骆县令平日刻意督导的结果：有些县令行事潦草，往往忽略了此节，未曾派人把守通向案发之处的所有路径。花园中有一间棚屋，充作灶房和盥洗室，狄公匆匆打量一眼，与众人一道走出角门，班头紧跟在后。

只见外面一条小巷，夹在两排高大的院墙之间，地上散落着一堆堆垃圾秽物。孟肃斋抬手一指，说道：“老爷请看，夜深人静时，此处常有游民与拾荒者出没，翻拣那些废弃之物。小民时常提醒宋先生晚间务必要闩上花园角门，昨天晚上，他准是外出散步回来时疏忽了此节，且又忘记闩上卧房后门，今日发现出事时，那卧房后门正是半开半掩，花园角门虽然关着，却并未上闩。还请老爷来看当时是何光景。”说罢领着众人折回园内，果然看见一根粗重的木头门闩靠墙立在门旁。

孟肃斋接着说道：“老爷明鉴，事情的前后经过，倒也不难推想。一个歹人经过这小巷时，发觉花园角门半开，满心以为屋内之人已经睡熟，便溜进花园，潜入室内，不料宋先生正欲就寝，于是撞了个正着。歹徒见他孤身一人，便当场杀人害命，过后又在卧房和书斋内乱翻一气，找到那钱盒后，立即卷走银钱，顺着来路逃之夭夭了。”

骆县令缓缓点头，“宋一文的钱盒里，平日可是存放有许多银两?”

“回老爷，这个小民难以说定。他预付过一个月的房金，想来至少应有回京师的盘缠，说不定衣箱里还有些细软之物。”

班头从旁说道：“启禀老爷，我等不日便能捉住那凶手。这些歹人一旦捞到横财，总会大肆挥霍。小人这就吩咐手下去酒肆赌馆里明察暗访，不知老爷意下如何?”

“好，你这就布置下去，叫他们顺便也去当铺里探探风声。你先将尸体暂厝在一口薄棺内，抬去县衙殓房，须得告知尸亲。”骆县令命罢，转头对孟肃斋问道，“想来宋一文在金华总有几位亲朋故旧?”

“回老爷，显见得是没有。从不见有人来敝宅探望他。据小民所知，他也从未接待过访客。宋先生庄重矜持，且又十分勤学，鲜少与人来往，初次见面时，我曾邀他饭后随时走来吃茶闲谈一二，不想过去了半个月，他却从未践约，不禁让我略感诧异。如此一个温文尔雅、谈吐不俗的后生，出于人之常情，对房东总该……”

“好好，孟掌柜，本县会命高师爷去信给京师学部，请他们告知宋家亲属。如今且回书斋去。”

骆县令将书案旁的圈椅让给狄公，自行挪过一只鼓凳，在书架前坐定，取下几册书来信手翻阅，大声赞道：“啊呀！孟掌柜，令堂真是品位极佳！看来还读过一些不甚入流的诗作，至少就正统标准来说不甚入流。”说着迅速瞥了狄公一眼，微微笑道，“可惜吾友狄兄甚是保守，想必不以为然，但我着实发现比起载入正史《艺文志》的公认名家来，那些所谓的二三流诗人往往更能翻新出奇。”说罢将书册放回原处，取下另外几本，一边低头翻看，一边又问道，“孟掌柜，既然宋一文在金华无一亲友，那他又如何得知你要出租后院？”

“回老爷，半个月前，宋先生去县衙登记时，碰巧我也去拜访师爷高先生。高先生知道家母过世后我想要出租后院的房舍，便热心居间作了中人。我带宋先生一同回家看过住处，他竟十分欢喜，道是如此清静的居处正合了他的意，还说一旦查考文献需要更多时日，愿意延长租期，我也很是快慰，因为难得有个……”

孟肃斋见骆县令似是听而不闻，便识趣地住口不语。骆县令专心细看夹在书里的一张字条，过后抬头说道：“令堂的评注真是切中肯綮，且又写得一笔好字！”

“回老爷，家母每天早晨都要练字，即使目力减退，仍然坚持不辍。家父生前也甚爱诗文，他二人常在一处切磋议论……”

“妙极妙极！贵府真不愧是家学渊源、翰墨留香，孟掌柜想也承此遗泽？”

孟肃斋苦笑一下：“回老爷，上天并未将此福泽惠及子女，实属大不幸之事。对于赋诗作文，小民从无半点天分，不过犬子与小女似乎……”

“好好！耽误了孟掌柜不少工夫，想必此时正欲回去料理生意。贵店可是在城中主街与寺庙街的交口附近？不知南方苦茶可有存货？当真有？好极了！本县会命管家前去采买若干，酒足饭饱之后，正该喝些上好的茶水。本县亦会尽快抓获那行凶的歹人，一旦有了消息，自会告知与你。”

孟肃斋向二位县令躬身施礼后，由班头带出门去，房内再无旁人。骆县令将书册慢慢放回架上，又仔细排好，两手交叠放在肚腹上，眼珠转了几转，开口说道：“我的天！实在太不走运！我正要出力款待几位上宾时，不意竟遇到如此一桩精心策划的疑案！须得花费些气力才能了结。凶手甚是狡狯狠毒，唯有那顶帽子是他留下的破绽，不知仁兄可否同意？”

四

狄公目光犀利地扫了骆县令一眼，背靠座椅，缓捋长髯，开口说道："骆兄所言甚是，我也同意此案并非是泼皮无赖为劫财而杀人。即使宋一文果真疏忽大意，竟至忘记闩上花园与卧房的门扇，盗贼深夜看见门户半开，也定会在入室之前小心查看，比如在窗纸上捅一小洞，朝里窥视一二。若是看见宋一文正待上床，他定会耐心等候一半个时辰，确定人已睡熟再溜进去。"眼见骆县令不住点头，接着又道，"据我想来，多半是宋一文摘下帽子，脱去外袍，换上睡衣，正预备上床时，听见有人敲叩花园后门，于是重又戴上帽子，出去看个究竟。"

"正是如此！你也已留意到他的鞋底上沾有干土。"

"不错。来访者定是与他相识之人。宋一文放下门闩，让那人进来，很可能请他去书房，自己去卧房内穿上外袍，不料刚一转过身去，那人就从背后下了毒手。之所以说从背后下手，是因为死者的致命伤正在右耳下方。无论如何，将落地的帽子留在原处确是极大的破绽，因为没人会在脱去外衣时还戴着帽子。凶手本应拭去帽子上的血迹，再将它放回床边的几案上，搁在蜡烛一侧才是。”

“一点不错！不过，眼下我们仍得对外昭告说此乃劫财杀人案，为的是不要惊动凶手。至于起因，我看不定是为敲诈勒索。”

狄公坐直起来：“敲诈勒索？骆兄何出此言？”

骆县令从架上取下一册书，翻到夹有字条的一页：“仁兄请看，孟掌柜的母亲生性好洁，将书册摆放得十分齐整，但是如今次序多有错乱。除此之外，她每读到一首喜爱的诗作，就会在一张字条上写下批语，并夹入相应的一页中，我手里拿的这张便是。方才与孟掌柜说话时，我草草翻阅过几册，发觉不少字条都夹错了地方，而且太不小心，以至于留下了些许折印。虽说这有可能是宋一文所为，但我又看见书册背后搁板上的尘土有新近动过的痕迹。据我想来，凶手把房内弄得一团糟，只是让人看去以为是四处寻找钱财，实则要找的却是一份文书。若是意欲藏匿重要的纸张，最好的法子自然是将其夹入某一本书里，再放回架上去！如果一方定要找到它并不惜杀人害命的话，另一方就很可能认为此物与作奸犯科有关，于是便起意敲诈。”

“骆兄的辨析甚是精到。”狄公说罢，轻拍书案上的一叠笺纸，“你认为凶手在寻找一份文书，这些便笺就是明证。此乃宋一文查考文献时所做的笔录，前六页上工工整整写满了蝇头小楷，后面大约五十来页全是空白。他在每张纸上都写下序号，可见做事井井有条，但是如今这一叠纸歪歪斜斜，有些空白纸页上还留有肮脏的指印，可见凶手仔细查看过。试想一个泼皮无赖，怎会费神去翻阅一叠手札？”

骆县令起身离座，长叹一声：“既然这歹人有整整一夜工夫来搜寻那要命的文书，很可能已然得手！不过，恐怕你我还是得四处查看一番，只为确保无误。”

狄公站起身来，二人一道细细搜查书房。狄公捡起地上的纸张，整理归类后放回抽斗内，说道：“这些都是孟家的账目票据等物，要说宋一文的私物，唯有这本题为《玉笛谱》的簿册，上面不但有他的字迹，还盖过私印。这些复杂的音符，我全不懂得，其中还有似是缩写字符的东西，共录有十来支曲子，不过曲名与曲词全都略去。”

骆县令正在查看地席下面，此时站直说道：“不错，宋一文会吹笛子，卧房的墙上就挂着一支竹笛。我以前也曾吹过，因此颇有留意。”

“骆兄以前可曾见过这记音符号？”

“从没见过，我向来都是只凭耳听来吹奏的。”骆县令傲然答道，“我们最好再去卧房看看，在此处果然一无所获。”

狄公将乐谱纳入袖中，二人走入卧房。仵作正立在梳妆台前费力填写尸格，肘边放着随身携带的笔墨等物。骆县令从墙上取下长笛，甩甩袍袖，凑到唇边，却只吹出几个尖利刺耳的音调，旋即放下笛子，郁郁说道：“想当初我吹得很是不坏，可惜久未操弄，竟已荒疏至此。这倒是个藏文书的好去处，须得先卷紧了方可塞入。”说罢朝笛管内窥视一下，又颓然摇头。

二人接着翻检衣箱，箱内只有宋一文的名帖与有关科举应试的文书，无一私信或便笺。

狄公掸掸身上的尘土，说道：“依照孟掌柜的说法，宋一文在金华无亲无故，但他也承认很少见到这房客。我们须得问问每日前来送饭的女仆。”

“此事非得拜托仁兄不可！此刻我须得回府去，向诸位贵客致意。就在今早，拙荆与七房、八房夫人还说过要与我商议中秋采办事宜。”

“好，那我就留在此地问话。”

狄公送骆县令一路出门时，又问道：“过节可是小儿女们的大事，不知骆兄共有几位公子和千金？”

骆县令咧嘴一笑，得意地答道：“十一个儿子，六个女儿。”随即面色一沉，“小弟有八房夫人，实不相瞒，着实也是一大负累，我是说情债深重。初入仕途时，我只有三房夫人，如何弄成今日之势，想必仁兄也体谅得出。在外头某地彼此定情，然后金屋藏娇似乎更为简便，下一步便是正式立为侧室！眼看着一个女子的性情由于身份不同而随之改变，着实令人伤怀，天晓得我那第八房夫人曾是何等温婉大度，那时她还是蓝宝石坊的一名舞姬哩……”说到此处，忽然一拍前额，“我的天！险些误了大事！回衙的路上，我还得去一趟蓝宝石坊，为今晚的宴席挑选几名歌伎舞姬，此事我总是亲自料理，从不假手他人，务必使贵客得享最上乘的歌舞。幸好蓝宝石坊距离此宅只隔了几条街。”

“蓝宝石坊可是一座烟花行院?”

骆县令朝狄公投去责怪的一瞥:“仁兄何出此言，当然不是！彼处汇聚了本地禀赋出众的女子，并教授传习各种才艺。”

“原来是授艺与应召之所。”狄公淡淡说道，“宋一文既是孤身在此，保不定晚上也会前去流连一二。骆兄不妨顺便问问众女，可否见过与他样貌相若之人。”

“一定照办。”骆县令说罢，忽又咯咯笑道，“另有一事也得去料理一下，是今晚专为仁兄预备下的意外之喜!”

"切莫行此勾当!"狄公作色说道,"如此命案悬在眼前,我实难想象你怎会有心思找粉头来取乐……"

骆县令连连摆手:"仁兄误会了!我说的意外之喜,乃是一桩引人入胜的断案官司。"

"哦,原来是……明白了。"狄公懊悔说罢,接着又道,"即使没有其他官司,你我也轻省不得,宋一文之案已是相当棘手!如果这不幸的后生是个本地人,至少还能有迹可循,却偏偏是个背景不明的外乡人,因此我担心……"

骆县令庄容说道:"狄兄明知我向来公私分明。宋一文之案是公事,为你预备的惊喜却纯是纸上官司,因为你我皆无权裁断。今晚开宴时,你便会见到重要人物,端的是扑朔迷离,会令仁兄欲罢不能哩!"

狄公面带疑色瞥了骆县令一眼:"还请骆兄让管家将服侍宋一文的女仆带来,可否再派一乘轿子接我回去?"

骆县令穿过果园中的小径时,两名守卫抬着一副竹制担架过来,连忙为县令老爷让道。狄公引路前去卧房,二人用芦席卷起死尸,又置于担架上。仵作呈上写好的尸格,狄公读罢后纳入袖中,问道:"你只注明致命伤是由一柄利器所致。我看那切口不甚平滑——毋宁说参差不齐,会不会是一把凿子或锉刀,或其他木工器具?"

仵作撇一撇嘴："回老爷，这个很有可能。既然凶器尚未找到，因此小人不想遽下断语。"

"明白了，你且退下，我自会将尸格交与骆县令。"

这时一个腰背佝偻的老者领着两名女子进来。二女身穿简素的蓝布长裙，腰系黑绦。一个看去年齿较幼，身量矮小，容貌粗陋，另一个却生得妩媚动人，举手投足之间，显见得对此颇有自知。狄公示意三人走进书房，自己重又在圈椅中坐定。老管家推着年幼的一女近前来，躬身一揖，开口说道："启禀老爷，这姑娘名叫牡丹，专为宋先生送午饭、打扫房间并收拾床铺；另一个名叫菊花，专为宋先生送晚饭。"

狄公和蔼说道："牡丹，宋先生想必让你做过不少额外的活计，尤其是有客人来时。"

"没有，老爷，宋先生从未接待过客人。我不介意多做些事，自从老夫人过世后，家务活很轻松，只有老爷、大太太和二太太，还有少爷和小姐，个个都很和善。宋先生也很和气，替他洗衣服，便会给我赏钱。"

"他时常也与你闲聊几句吧？"

"回老爷，不过打个招呼而已，他只是一心读书。想起来好生怕人，如今他已……"

"有劳你了。管家，你且带牡丹出去。"

房内只剩下二人时，狄公说道："菊花，牡丹是个乡下来的女孩子，你却像是城里长大的姑娘，明白事理，且又……"

狄公本以为菊花听罢会欣然一笑，不料她定定相望，一双大眼流露出惧色，突然开口问道："老爷，管家说的可是实情？他的喉咙当真被咬穿了？"

狄公扬起两道浓眉："你说咬穿了？简直岂有此理！宋先生的脖子是被一……"说到此处住口不语，想起那参差不齐的刀口，又含怒问道，"你且说说，咬穿是何意思？"

菊花低头垂目，两手交握，阴郁说道："回老爷，宋先生有个相好。我与邻街一家大茶楼里的领头伙计常有来往，有天晚上，我二人正在后面夹道的拐角处闲话时，看见宋先生穿着一身黑衣裤溜出来，样子鬼鬼祟祟的。"

"你亲眼见过宋先生会他的相好？"

"回老爷，这个不曾见过。不过前几天，宋先生向我打听孔庙后的银器店里可有出售镶嵌金银双丝的圆头发簪，分明是想给那女子送礼物，而她……她却要了宋先生的性命。"

狄公朝菊花投去怀疑的一瞥，沉着问道："你这话究竟是何意思？"

“回老爷，她是一只狐狸，一只化作美女的狐狸精！为的是要迷惑宋先生。等宋先生完全着了道之后，她就咬穿了宋先生的脖子。”菊花见狄公轻蔑地一笑，急急又道，“老爷，我敢对天发誓，宋先生真是中了邪魔！他自己也心知肚明，有一次还问我这一带是不是有许多狐狸，常在哪里出没……”

“如你这般明白事理的姑娘，当不至于相信有关狐狸精的荒唐故事。狐狸又聪明又善良，并不会伤人。”

“本地人可不这么想，老爷。”菊花固执地说道，“我得说宋先生真是被一只雌狐狸给迷住了心窍，你要是听过他在夜里吹笛子就会明白！那古怪的曲调在园子里回荡，我给我家小姐梳头时曾听见过。”

“我经过内宅时，看见窗户里有一位年轻美貌的姑娘，莫非就是孟小姐？”

“回老爷，一定就是她了，生得十分俊俏，待人也大方和气，才十六岁就已写得一手好诗，人人都这么说。”

“菊花，说回你那相好，宋先生可否去过他当差的茶楼？你说过相距不远。”

“没有，老爷，他对附近一带的茶坊酒肆全都了如指掌，但从没见过宋先生。还请老爷不要将此事告诉我家主人，孟先生很是老派，并且……”

“不必担心，菊花，我自会守口如瓶。”狄公说罢，站起身来，“有劳你了。”

狄公走到外面，让管家引路到大门外，一乘小轿已候在那里。

回衙途中，狄公暗想此案十分棘手，怕是要颇费些时日，自己返回蒲阳之前多半不能了结。骆县令精明干练，深谙查勘鞫劾之道，自有办法应对，他无疑也会想到或是宅内人所为，孟掌柜抛出歹徒闯入房中作案的说辞，未免忒嫌急切，总之尚存各种有趣的可能。

狄公从衣袖中取出宋一文所作的六页笔录，细细读了一回，朝后靠坐，轻捻髭须，凝神思量。这笔录甚是简明扼要，列有正史里未曾记载的叛军首领名录，还有二百年前暴动发生时金华县的食货状况。这半个月里，宋一文天天下午都在县衙档房中度过，结果只做成这六张笔录，着实有些少得可怜。自己理应提醒骆县令注意，宋一文查考史料很可能只是一个借口，他来金华实则另有原因。

此地关于狐魅的迷信之深，亦是令人诧异。各地百姓皆将狐狸视为超凡魔力的化身，市井中的说书人津津乐道于古时传说，讲述狐狸或是变成美女迷惑青年后生，或是变成忠厚长者，诱骗不谙世事的少女。但是与之相反，古书上也有狐狸压倒邪魔的记载，因此在老旧的宫殿与公舍里，常可看到供奉狐仙的神龛或祠堂，藉此来辟邪或是保护官印权符，骆县令府中也有如此一个所在。

想起骆县令不知葫芦里在卖什么药，狄公颇觉不安，实难猜度他那恶作剧般的小伎俩，天晓得今晚会发生何种古怪！骆县令还曾隐约提及一位宾客正官司缠身。邵张二位皆是位高名重、身份显赫，足以妥善处置任何私事，无论是否涉及官司，因此绝无可能。如此说来，只可能是神秘的禅师陷入了麻烦。总之真相很快就会大白。狄公想到此处，阖起两眼。

五

狄公步入金华府对面的公廨穿廊，一路匆匆看去，只见十来名衙吏正伏在高桌上挥毫疾书，旁边满满堆放着案卷公文等物。县衙乃是整个地区的行政中枢所在，不仅掌管司法判案，负责登记出生、婚娶、死亡、田产买卖等各类事务，还征收田地税等各项赋税。狄公经过穿廊尽头的槅扇门时，看见高师爷正低头伏案，以前虽与此人从未晤谈过，此时却起兴推开房门，走入齐整洁净的吏舍。

高师爷一见狄公，连忙站起身来："狄老爷请坐！小人去给老爷沏杯茶来如何？"

"高先生不必多劳，我即刻便要去府里，是以无暇久坐。骆县令可否告诉过你勘查案发之处的结果？"

"回老爷，骆老爷忙于面会贵宾，只是顺路过来，吩咐小人将此事告知京师学部，并请他们转告尸亲。"高师爷说到此处，将拟好的文书呈给狄公，又道，"我还请学部问明尸亲，看想要如何办理丧事。"

"如此甚好。最好再让学部附上宋一文的家门履历，以使案录完备。”狄公说罢，将文书还与高师爷，“孟掌柜说他当日与宋一文相识，是由你居中介绍。你对孟掌柜想必知之颇深？”

“一点不错，老爷。五年前，小人从州府调任至此，在棋社中得识孟掌柜，每隔六七天，我们总要前去对弈。我深知他人品端正，虽有几分守旧，但绝非顽固不化，棋艺也很高超哩！”

“身为老派士绅，想来孟掌柜定是持家有方了？从无任何流言蜚语传出，比如男女私情或是……”

“绝无此事！端的是家风严整，堪称典范。我曾去登门造访，那时孟老夫人还健在，因此有幸拜会过，她在本地颇富诗名。孟掌柜的儿子也聪颖好学，如今才十四岁，在县学里已是出类拔萃。”

“不错，孟掌柜给我的印象颇佳。多谢这一番相告。”

高师爷引着狄公一径走到金华府正门。狄公刚要入内，却见一个膀大腰圆的军官出来，身着镶红边的黑色短制衣，头盔上簪着一束红缨，背负一柄阔刀，当是来自州府的队正。狄公本想上前询问刺史有没有传话下来，又见他颈上挂着一枚圆形铜徽——此乃有务在身、押送犯人去京师的标志——于是改了主意，眼见那人急匆匆穿过庭院追赶高师爷，心中暗想不知什么要犯正路过金华、前往京师。

狄公行至右厢头一座庭院，推开朱漆小门走入，这是骆县令专为自己预备的住处。院落虽小，却自成一统，四周高墙环绕，甚是清幽宜人。宽敞的卧房前有一廊道，走下两级台阶便是四方庭院，彩色砖石铺地，正中一个小鱼池背靠假山。狄公在朱漆廊檐下静立半晌，欣赏着眼前迷人的景致。假山上青苔密布，石缝中生出一丛丛细竹和挂满红艳浆果的灌木，院墙外是环绕府邸的园林，两棵五色斑斓的枫树高出墙头，微风拂过，飒飒有声。想来已近申正时分。

狄公只觉口中干渴，转身推开朱漆槅扇门，径直走入房内，直奔条几，不料茶篮却是空空如也。也罢，姑且忍耐一二刻，去拜访二位贵客时，自会有清茶见赐。眼下另有一个难题，便是要不要换过衣袍。邵张二位皆是年长位尊，理应穿着全副官服前去拜见。但是如今二人皆已不在其位，邵繁文已致仕一年，张岚波也辞去官职，转而一心编纂自家诗文别集。若是以公服拜谒，多半会被认为孟浪无礼，希图刻意彰显自己的在位身份。想起“捋虎须”[1] 的典故，狄公不禁长叹一声，到底还是换上一件绛

[1] 本意指拔老虎的胡子，比喻冒犯厉害的人或冒很大的风险。裴松之《三国志·吴书·朱桓传》注引张勃《吴录》：“桓奉觞曰：‘臣当远去，愿一捋陛下须，无所复恨。’权马几前席，桓进前捋须曰：‘臣今日真可谓捋虎须也。’权大笑。”

紫长袍，腰系黑绦，头戴一顶黑纱方帽，唯愿这身庄重得体又不失谦恭的打扮能博得赞许，随即出门而去。

府内前院皆是平房，然而后院内建有二层房舍，上有宽阔的露台。只见中庭后方高处的阳台上，许多男女仆从穿梭来往，显然正在预备晚宴。骆府家仆应是不下百人，狄公估算一下这偌大一座王府的日常开销用度，不由得暗暗咋舌。

狄公叫住一名男仆，打听得骆县令将位于左厢二进的书斋让给邵繁文歇宿，张岚波则住在旁边右厢的角院内，于是命一童仆引路先去书斋，抬手轻叩雕花精美的门扇，只听一个深沉的声音说道："进来！"

骆县令的书斋看去着实舒适悦人。房间高大轩敞，槅窗上雕有各种方圆图案，样式繁复，映衬着洁净的窗纸，更显精雅别致。靠墙的书架上满满陈列着书册卷轴，其间错落摆放有古玩、花瓶、玉器等物。房内一色乌木雕花家什，桌面皆是七彩云石，座椅上设有红丝软垫。书架前摆着一张长榻，左右两旁各有一只大花瓶，立在乌檀木底座上，里面满满插着黄白二色菊花。[1] 一名男子正坐在榻上看书，身材魁梧，肩宽背阔，此时放下书册，扬起一

[1] 此句不见于荷文本。

入书斋拜会邵学士

道浓眉，好奇地打量狄公一眼。只见他身穿宽大的宝蓝色敞颈长袍，头戴黑丝帽，帽前镶有一块圆形碧玉，腰带的两端垂曳及地，广面丰颔，蓄着一圈齐整的短须——据说这正是宫中的时尚。虽已年近花甲，须发却仍是漆黑。

狄公走到近前，躬身施礼，用两手恭敬递上名帖。邵繁文草草看罢，纳入袖中，说话时语声低沉浑厚："原来你就是蒲阳县令狄仁杰！听骆县令道是你也在这府中，真是好个所在。昨晚老夫住在驿馆内，甚是狭小局促，远远不及此处。你我今日得见，实乃幸会！狄县令在蒲阳整肃佛寺，查办淫僧，着实令人痛快，虽在朝中树敌不少，但也赢得了许多同道。正直之人总是敌友并存，不必试图与人人都交好，否则便会一事无成。"说罢起身行至书案前，在圈椅中坐定，指着一条矮脚凳，"你且过来，坐在老夫对面！"

狄公依言落座，恭敬说道："晚生久仰邵公令名，极欲一见以致敬意，今日总算……"

邵繁文挥一挥形状优美的大手："姑且免去这些客套如何？此处并非朝堂，只是诗苑同人的一次小聚而已。狄县令也作诗吗？"说罢直盯着狄公，两眼黑白分明、虎虎有神。

"几乎不曾写过。"狄公怯怯答道，"早年为学时，倒也勉强看过韵书，略知四声八病之道，还读过邵公精心编纂的前朝名家别集。晚生只写过一首诗。”

“狄县令何必过谦，许多名家正是以一首诗而扬名立万！想来你已饮过茶了。”邵繁文说罢，将青瓷茶壶移到近前，自行斟满一杯。狄公只闻得一阵沁人心脾的茉莉花香。

邵繁文呷了几口茶水，又道：“你那首诗有何主旨，不妨说来听听。”

狄公干咳一声，答道：“拙作乃是一首喻农诗，阐述农耕之重要，五言百韵，试图将农时耕作之道录入其中。”

邵繁文朝狄公投去困惑的一瞥：“当真？你为何要选取如此……如此别具一格的题材？”

“晚生心想若将这些关于农耕的教诲形诸诗歌的话，既富韵律，又有节奏，琅琅上口，普通农夫或许更易记诵。”

邵繁文微微一笑：“恐怕人人都会以为狄县令的说法笨拙可笑，然而老夫不会。诗歌确实易于记诵，不只是因为押韵，更要紧的是能与我们的血脉呼吸一起律动。节奏才是一切诗篇的关键所在，文章也是一样。狄县令不妨念几句来听听。”

狄公在座中挪动几下，似是颇不自在：“实不相瞒，那首诗作于十多年前，如今恐怕一句都背不出了。若是还能找到的话，晚生定会录出呈上……”

“狄县令无须烦劳！恕老夫直言，那定是一首蹩脚之作。诗中倘有佳句警策，你必定不会忘记。你可读过《谕七军将士》?”

“这篇晚生倒是熟记在心！着实鼓舞人心，由圣上颁赐给出师不利的官军后，从此扭转了战局。开头的几句甚是庄严大气……”

“一点不错！狄县令想必不会忘记那篇圣谕，因为确是一篇好文，文中的节奏与全体将士的脉搏一齐跳动，故而举国上下至今传诵不绝。说来正是老夫替圣上起草的。且罢，狄县令须得讲些地方政事来听听，老夫一向乐意与后辈晤谈，身为朝廷高官的一大缺憾，便是难得亲见州县官员。我对地方事务尤有兴趣，县令一职虽则低微，却是至关重要。”

邵繁文缓缓饮完一杯茶水，狄公看在眼中，心里艳羡不已。只见他小心揩揩髭须，似是在悠然回想，微微笑道:“老夫当年也是县令出身，只就任过一处，便因写下有关司法改制的谏书而升至刺史，然后又迁到此地任职！二十年前，适逢九皇子谋反，这里着实混乱了一阵，谁承想此时此刻，你我居然又身在他当年的旧宅里，真是白驹过隙，流年匆匆！后来老夫又作了几篇议论古籍的文章，被任命为翰林院侍读学士，还有幸陪侍圣上西巡，在途中写了《蜀中山川颂》，至今认为是最得意之作。”说罢松开衣领，露出筋肉粗壮的颈项。狄公记起此公早年时曾精于拳术和剑术，身手颇为不俗。

邵繁文拿起桌上一本摊开的书册。“老夫从骆县令的书架上看到此书，是尚书中丞黄公专写巴蜀景物的诗选，其中许多地方我也曾去过，将二人的印象对比一番，倒是颇有趣味。这首诗写得十分出色，不过……”随即俯身细看，摇一摇头，“此处的隐喻并不十分真切……”说罢蓦地抬起头来，似是突然记起座下还有访客，微微一笑，“老夫不该耽误狄县令这许多工夫！晚宴之前，想必你还有不少事务须得料理。”

狄公站起身来，邵繁文也从座中立起，不顾狄公一力辞谢，仍是执意送至门口方罢。

“与狄县令谈话真是饶有乐趣！老夫向来乐于听取年轻官员们的意见，令人耳目为之一新。今晚再会！”

狄公急急行至右厢，只觉口中焦渴难耐，极欲清茶一杯在手，檐廊旁颇多门扇，想寻个仆从打问张岚波住在何处，却不见一个人影，正没奈何处，忽见廊道尽头的花岗石鱼缸边，一个瘦削男子正给金鱼投食，身穿一件褪色的灰袍，头戴一顶镶有细红边的黑帽，显然是骆府家仆，于是上前问道："能否告知张岚波张公下榻何处？"

那人抬起头来，上下打量狄公几眼，双眸平静中透出几分古怪，颔下一绺稀疏的灰白胡须，半晌过后，方才浅浅一笑，语声平板地答道："在下便是张岚波。"

"晚生失礼了！还望张公海涵！"狄公说罢，连忙从袖中取出名帖，躬身一揖，随即呈上，"今日专来拜会，以致敬意。"

张岚波用青筋毕现的枯手捏着名帖，漫不经心看了几眼，口中喃喃说道："狄县令，多谢你一番好意。"随即手指鱼缸，语声中平添了几分生气，"你看角落处水草下面的小鱼儿，可否注意到那突出的大眼看去很是迷惑哩！竟令我不由想到我们自己，一群惘然不知所措的看客……还望见谅，喂养金鱼乃是我一大癖好，常会因此忘情自失。不知狄县令到此几日？"

"前天刚到。"

"听说刺史召集各地县令议事，还望你此行颇多意趣。老夫正是这金华本地人氏。"

"金华确是胜地。晚生也是机缘巧合，有幸得遇本地最具盛名与才华的……"

张岚波连连摇头："非也非也！狄县令，可惜才华云云纯属子虚乌有。”说罢将盛有鱼食的象牙小盒纳回袖中。“今日我有些神思恍惚，还请见谅，祭拜过先祖祠堂后，我便忆旧追昔，不能自持……”说到此处，蓦地止住话头，怯怯望了狄公一眼，“今日晚宴上，我还得稍稍振作，也是情非得已，因为吾友邵学士定会高谈阔论诗文之道，并与我争论不休。此公着实学识渊博，且又辩才无碍，虽有几分高傲，却……”忽然急急问道，“想来狄县令已先行拜会过邵学士了？”

“正是。”

“如此甚好！老夫须得告诫你一句，别看他貌似放浪脱略、不拘礼数，实则很是在意自己的显贵身份，轻易便会动怒。敢说狄县令今晚定会十分得趣，有鲁禅师出席，断不至于沉闷乏味！难得趁此机会，还能见到另一位尽人皆知的同道，如今却是声名不佳，我等须得……”张岚波说到此处，忽然掩口收声，“险些不曾说漏了嘴！骆县令要我对你守口如瓶，你想必也知道，他十分热衷于弄些意外之喜。”说罢抬手抹了一把脸面，“老夫就不请你进去吃茶了，还望见谅。今日着实有些疲乏，开宴之前，非得去稍事休息一下不可。昨晚驿馆内太过喧闹，令我一夜未能安寝……”

“张公请便，晚生自然明白！”狄公说罢手笼袖中，躬身揖别。

狄公穿过廊道，心想既已拜会过二位尊长，此时便去找骆县令，并报上从孟家女仆口中得知的消息。终于能喝上一杯清茶了！

六

狄公走入高师爷的吏舍，命他前去打问骆县令此时可有空闲。

不消片刻，高师爷便转回房中，开口禀道："老爷正在后面二堂中等候。"说罢怯怯看了狄公一眼，又道："还望狄老爷能令他回嗔转喜，稍稍振作一二！"

硕大光亮的乌木书案后方，骆县令背靠软垫坐在圈椅中，面色阴郁，直盯着眼前一堆案卷出神，一见狄公，立时跃起怒道："礼部钦天监那些自以为是的家伙都应立即革职！根本一窍不通！这些蠢材注明今天大吉大利，谁知自从午后便事事不顺！"说罢重又跌回座中，气恼地鼓起两腮。

狄公在书案旁另一张圈椅上落座，自顾倒了一杯茶水，咕嘟嘟一口气喝干，随即再度斟满，然后背靠座椅，满意地长舒一口气，默默聆听骆县令大发牢骚。

"先是酒足饭饱之后，就遭遇上宋一文那桩凶案，害得我积食不消，然后偏又撞上蓝宝石坊的院主道是头牌舞姬生病卧床，我只得退而求其次，找两个二流货色今晚来充数，至于重头戏，只得交给一个名叫小凤凰的女子。我看不顺眼她那副模样，丑陋干瘪得直如竹竿子一般！劳驾把茶篮推过来如何?”骆县令端起茶壶，给自己和狄公的杯中分别斟满，呷了一口茶水，又道，“我为仁兄特意预备的惊喜，结果还是化为乌有。邵张二公也定会大失所望，就是说今日的晚宴，只有你、我、邵张二位与鲁禅师五人同席，非偶之数甚是不祥，历书上还明明写着今天是一吉日，简直岂有此理!”说罢将茶杯重重放下，恼怒地问道:“且罢，那人命案子可有什么线索? 班头刚刚来过，禀报说他的手下并未打探到歹人挥霍钱财的消息，倒也不出你我所料。”

狄公喝罢第三杯茶，方才说道:“孟家一个女仆道是宋一文以前曾来过金华，并且显然在此地有一相好。”

骆县令直直坐起:“真是麻烦！不过断无可能与蓝宝石坊有涉，我向那里的女子描述宋一文的模样，她们都道是从不曾见过。”

“其次，我疑心宋一文前来金华另有缘故，为了掩人耳目，便以查考史籍作为借口。”狄公说罢，从衣袖中取出六张笔录递给骆县令，“这便是他在半月之内所作的全部笔录。”

骆县令浏览一遍，狄公见他不住点头，接着又道："每日午后，宋一文前来贵县档房查阅文献，只不过是装装幌子，晚上才出去干他的真正勾当。女仆亲眼见过他穿着一身黑衣裤，夜里偷偷溜出门去。"

"狄兄可否知道他去往何处，又做何勾当？"

"完全不知。女仆认得附近茶楼里的一名伙计，似是个消息灵通的后生，据说在周围一带从未见过宋一文。"狄公说罢清清喉咙，又道，"那女仆十分相信狐魅之说，一口咬定宋一文的相好是个狐狸精，并害了他的性命。"

"不错，在当地风俗传说中，狐狸可是重要角色，敝宅内还有个狐仙祠，说是用来保家护院的，南门附近的荒地里有一座更大的黑狐祠，人们常说那里有鬼魂出没。且罢，最好不提这些怪力乱神，案子本身已经够叫人头疼了！"

"骆兄此言正合吾意。你也曾想过此案可能是宅内人一手做成？"

"正是。孟肃斋虽说名声甚佳，但也做不得数。不定宋一文以前来金华时，他二人便已相识。一旦发现出了人命案，孟肃斋便自行勘查起来，并急急抛出一套说辞给我们，其实他轻易便可绕过房舍，再敲开自家花园的后门！如今得知宋一文有个相好，此事令我很是不快，有女人则必有麻烦。”骆县令说到此处，长叹一声，“无论如何，明日便是中秋佳节，县衙不必升堂理事，你我至少可以稍稍喘口气。”说罢给自己复又斟满一杯茶水，郁郁闷坐，默然不语。

狄公看着骆县令，一心等他开口述说打算如何继续勘案。若是案发在蒲阳，自己定会立时派出马荣乔泰陶干去孟家附近打探，诸如孟肃斋的人品性情、家眷子女以及房客等情形。精明老到的官差能从菜店肉铺里听到极多消息，更不必说那些无赖闲汉们聚集的街头货摊了。

狄公见骆县令半晌无言，便开口说道："今晚既有宴席，你我断无可能接着办案，想必你已派了手下出去四处打探?"

"却是不曾。我只派衙员做些例行公事，所有秘密查访，皆由管家一手操办。"骆县令见狄公面露惊异之色，紧接着又道，"那老头儿是地道的金华人氏，对各处了如指掌，另有三个远亲，分别在典当铺、银器店和一家大饭馆内做事，个个圆滑世故，算是我的眼线，负责私下打探消息，颇为得力，我也掏自家腰包给他们不少好处，藉此亦可监伺高师爷及一干衙员有否尽心。"

狄公缓缓点头，心想自己对洪亮等四名亲信向来信任有加，但是每个县令大可自行其是，况且骆县令的法子也相当不坏，上次造访金华时，便已深感骆府管家确实精明能干，于是开口说道："骆兄有没有吩咐管家去……"

只听有人叩门，班头进来禀道："有一位幽兰小姐求见老爷。"

骆县令顿时喜笑颜开，拍案叫道："她定是回心转意了！今日总还算是吉利！快快带她进来！"说罢摩挲着两手，对狄公又道，"我为仁兄预备的意外之喜，看来不得不此刻便揭晓了！"

狄公扬起两道浓眉："幽兰是何人？"

"好个狄仁兄，亏你还是数一数二的勘案行家，难道竟没听说过白鹭观侍女被杀一案？"

狄公倒吸一口凉气，直直坐起："我的天！骆兄所言，该不会是那个道姑鞭笞侍女致死的案子？"

骆县令欣然点头，"正是正是！这位幽兰，不但是一代名伎、才女诗人、清修道姑，还是出了名的……"

狄公涨红了脸面，冲口怒道："杀人凶手！"

骆县令连忙举起两手："还请仁兄少安毋躁！先得申明一句，当今文人学士一致认定她蒙冤受屈。此案经由县、州、道三级衙门一路审理下来，仍是未能定谳，这才被移至京师长安，将由大理寺重审。其次，幽兰无疑是当今天下最富才华的女子，与邵张二位也相交颇深。我已通融差官，让她在敝宅小住两日，并将此事告知二公，他们听罢也十分欣喜。”说罢略停片刻，手捻髭须：“幽兰与差官正巧住在蓝宝石坊后面的一家小客栈里，今日午后我前去拜访，提出邀约，不料被她一口回绝，道是等到重获清白之日，方是面会故友之时，想想我是如何尴尬难堪！此乃当今最为轰动的人命官司，我一心希望仁兄能有机会与她面议详情，从而试图破解这一困扰三地官府、至今悬而未决的疑案。这下算是对你和盘托出了！我明知仁兄对吟诗作赋并不热心，只想让你在此地过得不乏意趣！”

狄公缓捋长髯，极力回想有关白鹭观一案的种种情形，过后微微笑道：“骆兄一番好意，狄某自是感激不尽，不过仍愿幽兰不要出席晚宴。说起疑案，你我还有……”

此时门扇敞开，只见一个颀长女子由班头引入，身着玄色罗裙，并未理会狄公，径直走到书案前，说话时语声深沉悦耳：“承蒙骆县令盛情相邀，贫道重又思量了一番，打算接受此请。”

“妙极妙极！邵张二公衷心期盼能与你重聚，鲁禅师也在此地。我再为炼师引见另一位对你仰慕之人，吾友狄仁杰，邻县蒲阳县令。狄兄，这便是名满天下的炼师幽兰！”

幽兰抬起睫毛忽闪的灵动双眸，匆匆打量狄公一眼，草草行了个礼，待狄公颔首致意后，便转而细听骆县令详述如何在后院女眷内宅的隔壁为她预备下住处。

狄公看那幽兰似是三十左右年纪，以前定是美貌出众，如今依然端庄俊俏、顾盼多情，然而眼睑处已明显下垂，一道深痕贯于两弯蛾眉之间，丰唇边浅浅几丝皱纹，在未施脂粉的苍白面容上更显绯红。一头乌发分作三绺盘成高髻，插有两支样式简素的象牙发簪，一身玄色衣裙庄重典雅，愈发衬出细腰丰胸、身段玲珑。幽兰在书案前俯身自行斟茶时，狄公留意到她修长白皙的两手上未戴任何饰物。

骆县令兀自滔滔不绝，幽兰浅浅一笑，插话说道："有劳费心，感激不尽。不过更加感激能让我得知尚有二三好友存焉！过去的一月之中，总不免生出孤家寡人之感。想来今日将有晚宴？"

"这个自然，不过只是敝宅内的小酌而已，待到明晚，我等将同去翠玉崖，共度中秋佳节。"

"听去真是妙极，尤其在辗转数处牢狱、消磨过这许多时日之后。须得说他们待我甚为有礼，饶是如此，仍不免……罢了，还请班头带我去骆县令府内，见过女眷主事，晚宴之前务必好好休息一下，再更衣修饰一番。出席如此盛宴，即使一个年华不再的女子，仍愿展现出所有风采余韵来。”

“当然当然！炼师大可从容为之！我等将仿效古风，晚些时候再开席，然后畅饮高谈，直至深夜。”骆县令朗声说罢，正拍手召唤班头时，却听幽兰说道：“贫道还携了小凤凰同来，她想看看今晚将要献舞的厅堂，骆县令真好眼力也！”转而对刚刚进门的班头说道：“带那姑娘过来！”

只见一个窈窕女子走入二堂，躬身下拜，年纪大约十八九岁，身穿简素的墨蓝长裙，纤腰处系一条大红丝绦。骆县令挑剔地上下打量几眼，不禁皱起眉头，含混说道：“啊哈，好好。我的妙人儿，说起敝宅大厅，管保你挑不出毛病来。”

幽兰立时插话道：“骆县令切莫为难于她！小凤凰十分看重自己的才艺，想要以舞池大小来筹划布局，今晚她将献上迷人的《紫云凤凰》，最是拿手的曲子，且又与她的名号相符！卿卿何必如此羞涩，切记一个年轻美貌的女子，在任何男子面前都不必胆怯，无论他身份高低。”

小凤凰抬起头来，狄公一看之下，不由得暗吃一惊。其面相甚为平板奇特，鼻子又尖又长，一双大眼木然无光、明显上斜，极似一张面具，乌发从平滑高耸的前额朝后梳拢，在长颈后束成样式简朴的单髻，双肩瘦削，手臂细长，看去样貌古怪，且又缺乏女性魅力。狄公深知骆县令一向中意容貌艳丽、风韵动人的女子，对这小凤凰必是看不入眼。

“小女子质陋艺浅，还望老爷多多包涵。”小凤凰说话时声音极低，几不可闻，“能在如此显赫的贵人面前献舞，实在荣幸之至。”

幽兰轻轻一拍小凤凰的肩头：“卿卿且随我来。二位县令，晚间再会!”说罢又草草行了个礼，昂首快步出门而去，小凤凰羞怯地跟在后面。

骆县令举起两手，大声赞道：“这女子真可谓是十相俱足、尽善尽美！不但容貌出众，才华横溢，性情也十分刚强。只可惜造化弄人，偏生让我晚了十年才得识佳人，奈何奈何!”说罢喟然摇头，拉开一只抽斗，取出厚厚一叠案卷，又欣然说道，“狄兄，我已收集了所有相关案卷的抄本，想必你愿知此案详情，还附有一篇幽兰小传，以供参阅。还望仁兄能在晚宴前先行读过。”

狄公见骆县令为使自己不至客居乏味竟然如此煞费苦心，心中甚感其情，开口谢道：“骆兄如此体贴人意，真是一个难得的殷勤东道!”

“仁兄休提此话！并无半点烦劳。”骆县令迅速瞥了狄公一眼，又悻悻说道：“嗯哼，小弟之所以这般行事，须得说别有一番用意。我久有一愿，想为幽兰的诗集撰写笺注，连序言都已写好，不料却出了这场人命官司，一番心血眼看就要付之东流。仁兄最是深谙律法、刀笔纯熟，还望能助幽兰草撰一篇有力的辩词，以证其清白无辜。区区此意，不知可否理会得？”

“狄某自然明白。”狄公凛然答道，又冷冷望了骆县令一眼，起身离座，将案卷挟于腋下，“我这便回房拜读去也。”

七

狄公走入宅院正门，不禁愕然止步。只见一人立在自己的住处门前，看去形迹颇为可疑，身材矮胖，圆圆一颗光头，穿一件打有补丁的旧僧袍，脚登一双宽大的旧麻鞋。狄公心中纳罕这乞丐如何进得来县衙府院，上前劈头问道："你在此处做甚?"

那人闻言转身，硕大而凸出的两眼直直相望，粗声粗气地答道："原来你就是狄县令！贫僧想来拜会一二刻，奈何敲门半日也无人应答。"说话时虽则语声嘶哑，谈吐却颇为不俗，且自有一种慑人的气度。

狄公心中恍悟："鲁禅师，幸会幸会！骆县令已说过……"

"此番会面究竟是幸还是不幸，狄县令日后再下断语不迟。"鲁禅师插言说道，又两眼直勾勾望向狄公身后。狄公见状，不禁也转头顾视，庭院里却是空无一人。

"狄县令断乎看不见那些物事，如今为时尚早，不过倒也无须困扰忧惧。死人总是无处不在，与我等如影随形。”

狄公对着鲁禅师注视良久，这丑和尚令人隐隐感到心绪不宁，骆县令为何非要……

“狄县令正在暗想骆县令为何非得请贫僧前来，可是如此？只因贫僧也忝居诗人之列，毋宁说专作对句，从不超过两行，狄县令肯定不曾读过，你一心只对案牍公文有兴！”鲁禅师说罢，伸出粗糙的大手，指向狄公腋下的案卷。

“师父请到里面小坐，再饮上一杯清茶。”狄公推开门扇，依礼相邀。

“多谢狄县令一番厚意，吃茶就不必了。贫僧非得回屋取些东西，然后再去城里跑一趟腿。”

“请问师父在府内何处下榻？”

“就在中庭右厢一角的狐仙祠里。”

“原来如此，听骆县令说过确有这么一处所在。”狄公说着微微一笑。

“骆县令为何就不能有个狐仙祠来许愿祝祷？”鲁禅师挑衅般地发问道，“狄县令，狐狸原是世间万物中不可或缺的一部分，它们的天地与我们的天地同样举足轻重，或者同样无足轻重。正如二人之间可能存在某种特别的联系，某些人与某种禽兽之间也可能存在关联，切记影响我等命数的生肖属相，正是十二种禽兽哩!”说罢抬手摩挲粗糙的面颊，定定注视着狄公，突然问道:“狄县令，你属虎吧?”见狄公点头，立时咧开厚唇冷笑一声，一张丑脸看去活似一只癞蛤蟆。“虎狐相遇，妙不可言!”只见他紧绷的面容骤然松弛，肥厚的鼻翼两侧显出深深的皱纹，接着阴沉说道，“狄县令须得留神！听说昨晚此地出了人命，眼看着下一桩又要发生，你所携的案卷上分明写着幽兰二字，她亦是命悬一线、生死未卜。过不多久，便会有更多死人紧随在你左右!”说罢抬起硕大的光头，再次望向狄公身后，一双蛤蟆眼中发出异样的光芒。

狄公不由浑身一竦，打个冷战，正欲开口时，鲁禅师却又嘶声咕哝道:“别指望贫僧会出手相助。在我看来，人世间的正义公平，只是微不足道的权宜之计。贫僧可不会帮你去捉拿凶手！杀人者总是作茧自缚，虽比旁人更多算计，然而终是徒劳，无一可以逃脱。就此别过，今晚再会!”说罢朝外走去，麻鞋踩在砖地上，发出渐行渐远的啪嗒声。

狄公目送鲁禅师远去，随即快步走入房内，方才听得一头雾水、惘然失措，心中不禁颇为着恼。

府内家仆已掀起床帷，并将茶篮摆在桌案上的白镴烛台一侧。狄公看在眼里，心中甚喜，行至梳妆台前，拿起铜盆里预备好的熏香手巾揩揩脸面，顿觉舒爽。鲁禅师性情怪僻，如此人物总爱言过其实，故作惊人之语。狄公将桌案推到敞开的门旁，面对假山花园坐下，展卷通读起来。

起首二十页是骆县令所写的幽兰小传，笔墨甚为精细，狄公不禁疑心骆县令定是打算要将此传附在幽兰的诗集里。文中记述了所有相关情事，措辞十分含蓄，并无唐突冒犯之嫌，但又其意自明、不存疑义。狄公细细读罢，背靠座椅，抱臂沉思，回想着幽兰际遇坎坷的一生。

幽兰原是京城里一个药铺伙计的独生女儿，其父喜好诗文，亲自为她开蒙，五岁便学着读书写字。十五岁时，父亲因为债台高筑，不得已将她卖到一家有名的行院里。她在其间度过四年光阴，不拘长幼结交了许多文人墨客，并藉此才艺大进，吟诗作对更是下笔不凡。十九岁那年，正当她就要出落成韶华盛极、人人仰慕的一代名伎时，却突然遁迹失踪。由于她身价非凡，行会派人四处打探，但是毫无下落。两年之后，一个名叫温东阳的青年公子偶然发现她流落在内地一家下等妓院中，且已贫病交加。这温公子亦有诗名，素以相貌俊雅、才思敏捷、家资富有而著称，昔年曾在京师见过幽兰，对她仍是一往情深，于是替她偿清债务，从此二人形影不离。在京师中，这一双璧人成了名流雅士齐集时不可或缺的座上客。温东阳还将二人的酬唱诗集付刻刊印，一时间风靡海内，至今被人吟咏不绝。他们遍游名山大川，在各地探幽访胜，每到一处，当地名流莫不奉为上宾，遇到中意之地，常会盘桓数月之久。不料四年过后，温公子转而迷恋上一个走江湖卖艺的女子，一对神仙眷侣从此劳燕分飞。

幽兰离开京师，前往巴蜀，用温东阳临别时慷慨赠予的财物购置了一处乡间精舍，与一群妙龄女子及歌伎舞姬终日厮混，其住处也成了这偏远州县里首屈一指的风雅场所。她只垂青于一些精心选出的裙下之臣，即所有肯为她一掷千金的高官名流，骆县令在此处也忍不住注上陈词滥调的一笔，“辄有诗作，其价千金”。文中还提及幽兰有许多亲密的女友，不少著名诗作皆是题赠她们。几年之后，一场风波突起，幽兰被迫匆匆远遁，其中关键人物乃是当地刺史之女，也是她的一名学生。联系所有这些情事，其中涵义自是昭然若揭。

从此以后，幽兰过起了与前迥异的生活，在风景优美的湖湘一带买下一个小小的道教圣祠——白鹭观，以道姑自居，身边只有一名侍女，严绝男子入观，并且只作教理诗。她向来花钱如流水，当日离开巴蜀时，曾赠给所有家丁仆从一大笔赏金，余下的则用于购置白鹭观。当地名流延请她教授女眷小姐们作诗，束脩颇丰，因此仍然十分过得。骆县令的小传到此为止，最末一页上注有“参看所附案卷”。

狄公坐直起来，迅速浏览过一大叠公文抄本，到底是深谙此道，没一会儿工夫便已理清主线。两个月前的暮春时节，几名当地衙役突然闯入白鹭观，在后花园一株樱树下动手挖掘，竟找出了幽兰那个十七岁侍女的裸尸。尸检表明侍女在三天前被鞭笞而死，因为满身都是鞭痕。于是幽兰遭到拘捕，并被控告故意杀人，但她轻蔑地予以否认，道是三天前侍女告假六七日，要去探望年迈的双亲，为她备好晚饭后便出门而去，从此再未见过。她用罢晚饭后独自去湖边散步，直至子初时分方归，却发觉花园后门被人撬开，观内神龛上的一对银烛台失踪不见。幽兰还提醒县令，次日一早自己便去县衙报过失窃，并暗示那侍女定是忘带了什么东西而半路折回，不巧正撞上闯入观中的盗贼，那些贼人想让侍女说出主人的藏钱之处，结果将其折磨致死。

县令又召来几位证人问话，众人皆称幽兰常与那侍女吵骂甚烈，晚上有时会听见侍女大声叫嚷。白鹭观一带颇为冷清，然而出事当晚有几个小贩正好经过，道是并未见有盗贼或游民的踪迹。县令认定幽兰一派胡言，控告她自行撬开花园后门，又将银烛台投入井中，念及她以往的秽行，拟判死罪。可巧此时恰有一伙盗贼劫掠附近的田庄，并残杀了一对夫妻，于是县令又推迟了对幽兰的判决，派手下先去追剿那伙贼人，或许他们能证明幽兰所言非虚。与此同时，著名才女银铛入狱的消息不胫而走，天下皆知，刺史下令将此案移至州府亲自审理。

刺史十分仰慕幽兰的诗才，经过一番出力勘查，查明两桩对幽兰有利的事实。其一是县令去年曾向幽兰大献殷勤，结果遭到回绝。县令坦承确有此事，但矢口否认与办案有涉，皆因收到一封匿名信，告发白鹭观的樱树下埋有尸体，自忖出于职责，须得查证一番。于是刺史判定县令挟私不公，令他暂且停职。其二是巡兵抓获了一名盗贼，此人曾参与田庄劫案，道是匪首亲口说过白鹭观中藏有不少金银，有朝一日值得去看上一看，此话似又证实了幽兰关于侍女被害的推断。鉴于以上情形，刺史又上呈本道节度使，提议应将幽兰开释。

海内不少高官名流纷纷出面替幽兰说情，节度使正欲判幽兰无罪时，偏又冒出一个挑水的后生，自称是那侍女的相好，只因一个月前陪叔父回乡祭祖，故而今日方归。他声称侍女常常诉说幽兰纠缠胁迫于她，若有不从，便会动手凌虐。鉴于验尸后证实侍女仍系处子之身，节度使不由得疑心大起，推断说侍女若是死于匪人之手，必会被先奸后杀，于是又命手下兵士全境搜捕那伙盗贼，其证词将会至关重要，奈何仍是徒劳无功，况且书写匿名信之人也无迹可寻。节度使意欲甩脱这桩棘手的案子，便再度上呈至京师大理寺。

狄公合上案卷，起身离座，踱至外面檐廊。秋风微凉，吹得竹叶沙沙作响，晚间想必会颇为清爽。

骆县令说得一点不错，这确是一桩既富有趣味又令人头疼的疑案。狄公缓捋长髯，凝神思量。虽然骆县令道是此乃一宗纯粹的纸上官司，然而以他的精明圆滑，焉得不知摆明了是对同僚的挑战。既然自己已见过幽兰，又知晓案情始末，于是须得直面这一难题：幽兰究竟有罪还是无罪？

狄公反剪两手，在檐廊上来回踱步。如今所见过的全是二手材料。鲁禅师那张癞蛤蟆一般的丑脸忽又浮现于目前，此人说过幽兰正命悬一线。狄公心中隐隐感到不安，甚至有些不祥，若是重又埋头案卷、再细细研读一遍证词，或许会摆脱这些莫名的失意。此时正值酉初，离晚宴开席尚有一个时辰，但是自己已无心再看公文，先与幽兰在宴席中详谈后再读不迟，届时还会听到邵张二位与她的言语往还，顺便揣测一下他们对此案的态度若何。仿佛突然之间，骆县令精心筹备的中秋雅会，竟演变为一场关于死罪的论辩，令人不免心生寒意。狄公分明预感到某种危险正在森然迫近。

为了打消这些令人不安的念头，狄公又回想起宋一文之案。此案也是十分棘手，自己虽然协同勘查过案发之处，但此时亦是无可措手，只能坐等骆县令的手下送来消息，能够依凭的仍是二手材料。

狄公忽然止住脚步，紧皱浓眉思忖半日，折回屋内，从书案上拿起宋一文的《玉笛谱》。除了六页笔录，此书乃是唯一与死者直接相关之物。狄公随手翻阅一下，只见其中写得密密麻麻，忽而微微一笑。虽则胜算不大，却很值得一试！无论如何，总比枯坐在此一筹莫展、埋头研读从未谋过面的一干人等口中的证词要好得多多。

狄公迅速换上一件简素的蓝布袍，头戴一顶黑便帽，腋下夹起那本曲谱，出门而去。

八

此时已近黄昏，金华府前院内，两名侍女正在点亮檐下悬挂的彩灯。

狄公走上县衙正门前的大道，融入熙攘的人流中，不禁欣然长舒一口气。困在骆县令那宫殿一般的深宅大院里，与城内生动鲜活的人物世情相隔绝，着实感到沮丧无力，如今能够自在行走、自主勘查，立时精神大振。狄公顺着人流一路前行，打量着左右两旁装饰鲜丽的店铺，看见一家乐器店的招牌，便挤出人群，直朝门首走去。

店内有五六个人正在挑选乐器，敲鼓吹笛、拨弦弄索之声响成一片，几乎不曾震破耳膜。时值中秋前夜，凡有喜好吹拉弹唱者，无不跃跃欲试，想要明晚与亲友欢聚时一展身手。狄公行至后方柜台前，掌柜正在大口吃面，两眼却仍紧盯着招呼买主的几名伙计，见狄公甚有学者气度，连忙起身殷勤相询。

狄公递上《玉笛谱》，说道："这些皆是长笛曲谱，不知掌柜可否替我识鉴一下。"

掌柜翻开匆匆一瞧，旋即还给狄公，赔笑说道："这位客官，我等只识得十音简谱，这一本定是古谱无疑，客官得去请教行家里手才行，老刘便是其中首选。他吹得一手好笛子，是城里一等一的名家，无论古今曲谱，包管一看便知，就住在不远处。"说罢揩揩油腻的下颏，又道："不过头疼的是这厮十分贪杯。他每天早起教人吹笛，午后便开始大灌黄汤，此时多半已喝得烂醉，直到晚间才会稍稍清醒一二，须得去宴席上吹奏。银子虽然挣得不少，但是都花在了酒色二字上。"

狄公摸出几枚铜板，置于案头："烦劳掌柜委派个伙计替我引路。"

"好说好说，多谢客官！王生快些过来！领这位先生去老刘家，记着过后赶紧回来！"

二人一路走去时，伙计忽然拽住狄公的衣袖，指着街对面一家酒馆，嘿嘿笑道："先生若是有正经事找老刘，最好备一份礼。无论他如何人事不省，只要拿瓶好酒放在他鼻子底下，立时便会醒转过来！"

狄公依言而行，买了一瓶不大不小的烈性冷酒。伙计引路穿过窄巷，行至一条幽暗的后街中，四周弥漫着浊臭之气，两旁皆是破旧板房，脏污的窗纸背后，间或透出几点微光。

“先生请看，左手边第四家便是!”

狄公付了赏钱，伙计匆匆离去。

只见门板悬在户枢上摇摇欲坠，里面传出粗口叫骂，又有女人尖声大笑。狄公伸手一推，房门晃悠悠开启。

屋内颇为狭小简陋，点着一盏冒烟的油灯照亮，一股浓重的劣酒气味扑面而来。只见一个肥胖男子倚在竹榻上，圆脸膛通红通红，穿一条褐色阔腿裤，短褂的前襟敞开，露出油光光的肚腹，膝头坐着个年轻女子，正是舞姬小凤凰。老刘醉眼惺忪朝狄公打量，小凤凰急忙将衣裙朝下一拽，遮住两条白皙丰满的玉腿，快步奔至屋角处，面具似的脸上浮起红晕。

“你究竟是何人?”老刘粗声粗气地叫道。

狄公坐在一张低矮的竹桌旁，并未理会小凤凰，只将酒瓶放在桌上。

老刘通红的两眼立时睁得滚圆，踉跄走到近前:“我的天，一瓶货真价实的‘玫瑰露’! 贵客光临，有失远迎，虽则你这一脸大胡子看去好似阎王爷一般! 快快打开!”

狄公伸手按住瓶口。“老刘，这酒可不是白喝的。”说罢将《玉笛谱》掷在桌上，“你须得告诉我这是些什么曲谱。”

老刘站在桌旁，翻开簿册，两手看似粗短，却异常灵活，口中咕哝道："这个不在话下！待我先去洗漱一把。"说罢摇摇晃晃朝屋角的面盆架走去，拿起一条油腻腻的手巾，揩擦头脸胸脯。

狄公默默注视着老刘，依旧不理会小凤凰，一切随她自便。小凤凰犹豫半晌，到底蹭上前来，怯怯说道："老爷在上，奴……奴家正劝说刘师傅今晚去宴席上奏乐。此人虽说性情粗野，却是个吹笛圣手。不料他听罢后一口回绝，我便与他略施温存……"

"我才不去吹那该死的《黑狐曲》，就算你陪我睡上一夜也不中用！"老刘大声说道。裂了缝的旧泥墙上挂有十来管竹笛，只见他在其中四处摸索。

"我记得你要跳《紫云凤凰》。"狄公随口说道。

小凤凰面色木然，蜷缩着细瘦的双肩，看去楚楚怜人："回老爷，原本是的，不过自从……自从见到县令老爷的厅堂里地坪上好……又拜见过那两位从京城里来的大老爷，还有出名的高僧鲁禅师后，奴家心想这实是千载难逢的良机，没准儿可以跳一支别的曲子，里面含有胡旋舞步……"

"还是扭着你的屁股去跳些正经曲子吧！《黑狐曲》甚是不祥哩。"老刘愤愤说罢，坐在一条矮凳上，将曲谱摊开摆在膝头。"这头一支你肯定懒怠听了，《云想衣裳

访乐师不意遇舞姬

花想容》[1]，尽人皆知的情歌。第二支看去似是……”随即拿起笛子吹奏几段，曲调轻快动听，“对了，这是《秋月吟》，去年曾在京师里四处流传。”

老刘一页页直翻下去，不时吹出几节以确认曲目，狄公却几乎听而不闻，眼见自己的预想落了空，不禁颇觉失望，但须得自认这想法本就十分牵强。原以为这《玉笛谱》既无曲名，又无歌词，且用一种从未见过的符号写成，可能根本就不是乐谱，而是宋一文用乐符记下的一份秘录。就在此时，只听一声粗口咒骂，狄公猛醒过来。

“真见鬼!”老刘盯着最后一支曲子，又低声咕哝道，“这开头几节却似略有不同。”

老刘将笛子凑到嘴边，起初十分低沉，曲调缓慢哀伤。小凤凰听得猛吃一惊。调子渐渐转急，音声高亢尖利，旋律很是古怪。老刘放下笛子，厌恶地说道：“这该死的《黑狐曲》!”

小凤凰弯腰伏在桌上，朝上斜挑的两眼中闪出狂喜之色：“请老爷将这曲谱借我一用！求求你了！有了这谱子，随便一个好乐师都可为我吹奏伴舞。”

“只要不找我便成!”老刘含怒说道，将簿册扔在桌

---

[1] 此句出自李白《清平调词三首》之一，实为狄公年代之后的作品。

上，“我还想多活些日子哩!”

狄公对小凤凰说道：“我倒也乐意将这曲谱借给你，但是你须得先将《黑狐曲》的来历讲与我听听，我对音乐也颇有兴趣。”

“回老爷，这是当地的一支古曲，少有人知，在所有笛谱里都已失传。郁金是城南黑狐祠里的女巫，她总唱这支曲子。我曾试图让她记下来，但那可怜虫半傻不痴的，大字尚且不识一个，更别说繁难的曲谱了，但这曲子用来伴舞实在极佳……”

狄公将簿册递给小凤凰：“你可得记着在晚宴上还我。”

“遵命，多谢老爷！此刻我得赶紧走了，总要先让乐师演练一二。”小凤凰走到门口，又转头说道，“我要跳《黑狐曲》一事，还望老爷勿要告诉其他贵客。我想让他们大吃一惊!”

狄公点头应允，对老刘说道：“拿两只大碗来。”

老刘从架上取下两只粗瓷碗，狄公打开瓶盖，满满斟出一碗。

“好酒，好酒!”老刘高声赞道，凑到近前嗅了几嗅，随后一气灌下肚去。狄公也略尝了一口，闲闲说道：“那小凤凰，真是个古怪女子。”

“谁知到底是不是女子！总觉得她定是个狐狸精，藏着一条毛茸茸的尾巴，老爷刚进门时，我正忙着在她衣裙里四处摸索着想找出来哩！”老刘嘿嘿一笑，替自己重又斟满，饮了一口，咂一咂嘴，接着说道，“是不是狐狸精姑且不论，她可十分精通如何把主顾榨个精光，这小淫妇眼里只认得银子！送她礼物都收，再许你稍稍亲热一二，但是要来真格的，那可不行，老爷，绝对不行！我认识她已有一年光景，须得说舞艺倒是颇为出色。”说罢耸耸肩头，“也罢，没准儿她真是个聪明女子，想来我见过不少才艺出众的舞姬，皆因在床上打滚太多，结果落得前程尽毁。”

“你又是如何知道这《黑狐曲》的？”

“几年以前，从几个稳婆那里听到过，她们常在快要添丁的人家里唱经驱邪，好挣几个小钱使花。实话对老爷说，我对这曲子并不熟悉，但是黑狐祠里的小女巫却唱得很好。”

“她又是何人？”

“一个该死的妖精，她才是一条货真价实的狐狸精！从小被一个拾破烂的老婆子在路上拣到，生得倒挺俊俏，只是表面看去而已！长大以后半傻不痴的，直到十五岁才开口讲话，还时常犯邪，眼珠子骨碌碌乱转，净说些古里古怪的胡话。那老婆子吓得要命，将她卖给一家妓院。她模样儿倒还不赖，有个老家伙想梳拢她，便许给老鸨一大笔钱，活该他竟敢和一个狐狸精鬼混！来来，老爷，你我再干上一碗，这实是我今天喝到的头一遭好酒。”

老刘饮完酒水，喟然摇头：“老家伙想要与她亲热时，她竟咬下对方的舌尖，然后跳出窗外，逃到南门附近荒僻的黑狐祠去了，至今还住在里面，即使妓院里最胆大的泼皮龟公也不敢进去！那一带据说闹鬼，以前曾有几百人在当地被砍了头，`男男女女还有孩童，晚间便会听见荒地里传出鬼哭声。善男信女有时会在旧牌楼前供些食物，那小女巫就与野狐狸一起享用。祠堂附近有成群的狐狸，她还与狐狸一起在月下跳舞，唱那支该……该死的曲子。”说到此处，语声渐渐含混不清：“那个小……小凤凰也是一条狐狸精，只有她一个人敢去黑狐祠。该……该死的狐狸，她就是个……”

狄公站起身来：“师傅若是今晚要赴席吹奏，不妨慢用。你我就此别过。”

狄公出门行至街中，向一个小贩询问去南门该如何走法。

“回老爷，路长着哩。你得顺这条街一直下去，经过一个大集市，再穿过整条寺庙街，从那里直往前去，很快便会看见南门。”

狄公拦住一乘小轿，吩咐轿夫抬去寺庙街最南端。想来还是先到那里，然后再步行至黑狐祠更为稳妥，免得轿夫日后搬弄口舌，徒生是非。

“老爷说的可是敏悟寺?”

“一点不错。烦劳快跑则个，自有赏钱给你。”

两名轿夫将长长的轿杠担在肩上，一边“杭育杭育”地吆喝路人让道，一边疾步小跑起来。

九

晚风带来丝丝凉意，狄公坐在敞轿上，不由得裹紧衣袍，心里却颇觉欣喜，这《黑狐曲》很可能是宋一文之案的头一条真正线索。街市中人头攒动，店铺货摊生意兴隆，轿子又转入一条大街，虽则宽阔，却是幽暗漆黑、少有行人，两旁皆是饱经风雨侵蚀的长长砖墙，间或立着一座高大的石拱门，这便是寺庙街。每座庙前都悬有硕大的题字灯笼，可以辨识出其所属宗派。小轿终于停在一幢二层门楼前，黑漆双扇门上也挂着灯笼，上书“敏悟寺”三个大字。

狄公走下小轿，两名轿夫立时揩擦起满身湿汗来。狄公对那年长者说道：“你二人在此地歇息一阵，我不消半个时辰便回。”说罢付过轿金，又问道：“从此处去东门，要花多少工夫？”

“老爷若是坐轿的话，约摸两刻钟便到。若是熟悉里巷中的捷径，走起来就快得多了。”

狄公点点头，可见宋一文去南门附近的黑狐祠果然很是便捷，随即从侧门走入敏悟寺。只见庭院中空无一人，后面大雄宝殿的窗内隐隐透出光亮。右边沿墙有一道敞廊，狄公顺廊疾走，打算从后门出寺，然后再去南门，如此一来，轿夫便不会知晓自己究竟去往何处。

长廊通向大雄宝殿背后一条狭窄的过道，两旁皆是黑漆漆的屋舍，看去似是僧房，唯有檐下悬着几盏小灯笼照亮。狄公快步走向后门，经过右边拐角处的窗户时，不经意朝里一瞥，只觉浑身一悚，蓦然止步，黑暗中仿佛看见鲁禅师蜷坐在禅床上，正用蛤蟆似的两眼定定相望。狄公手扶窗台，定睛细看，原来却是虚惊一场，借着对面灯笼发出的微光，方才看清床榻上只有一堆袈裟，上面摆着一只圆圆的颅状木鼓。狄公接着朝前疾走，不禁暗自着恼，那古怪和尚引起的不安显然仍旧萦绕心中、久久未去。

狄公穿过寺院背后的野松林，直朝右边而行，很快便走上一条宽阔平整的大道，远远望见南门城楼高耸于夜幕之中。

狄公一路疾行，暗自庆幸自己的一番筹划总算不曾落空。路旁不时看见货摊上灯光闪烁，左边有几幢废弃的房舍，前方则是一大片密林，正欲穿过破败的石头牌楼时，只见走来一大群背着包袱口袋的百姓，虽则重负在身，却七嘴八舌议论得正欢，逢此佳节，定是预备出城去拜会乡下亲友。狄公暂且让过一旁，心想骆县令所说的翠玉崖不知坐落何方，或许就在城西的山中。仰头一望，只见天上一轮明月，略无纤云，然而对面的密林却是阴森幽暗。狄公在货摊上买了一盏小风灯，随后继续赶路。

老旧的牌楼只剩下两根立柱。狄公举起风灯一照，左边立柱下的灰石槽中有几枚鲜果，还有一只盛着米饭菜蔬的粗瓷碗。既有这些贡品，此处无疑便是荒地外的牌楼。

一片纠结缠绕的灌木丛遮蔽了小路，狄公分开枝杈，转过头一个拐弯处后，撩起衣袍下摆掖入腰间，又挽起长袖，在灌木丛中觅得一根粗木棒，一边拨打两旁的荆棘，一边蜿蜒前行。

荒野中十分静寂，连夜鸟的啼叫也不闻一声，只听得一片嗡嗡的蝉鸣，树丛中时而传出簌簌的响动。狄公不禁自语道："那小凤凰真是颇有胆量，即使在光天化日之下，此处也定是阴森可怖！"

狄公突然止住脚步，捏紧手中的木棍。只见前方黑漆漆的树丛里一阵窸窣作响，离地大约两尺高处，一对碧绿的眼睛正对着自己。狄公迅速拣起一块石头掷去，那双碧眼蓦地消失不见，枝叶间一阵骚动，过后复归平静。果然有狐狸在此地出没，虽说这些畜牲通常不会主动袭人，但也听说过狐狸与野狗常会染上狂犬症，一旦生病，便会狂性大发，见物辄咬。狄公想到此处，心中颇觉不安，将便帽朝后一推，懊悔自己冒冒失失地赤手空拳而来，倘若带一柄刀剑，将会十分有用，短矛则更是上佳，但又想到绑腿尚且厚实，手里这根棍子也还中用，于是决意仍旧前行。

小路渐渐变宽，透过树丛，只见前面一片荒地，月光下尤显凄凉萧瑟，一道满是乱石与长草的缓坡通向一幢黑漆漆的房舍。祠堂十分破败，外墙已坍塌几处，里面房顶也歪斜得厉害。半坡处有个黑影敏捷地跳上一块大石，蹲坐不动，身形显得格外高大，尖尖的耳朵与毛茸茸的长尾清晰可见。

狄公对着祠堂注视良久，却不见一点灯火与人迹，不禁长吁一口气，仍旧顺着乱石标出的小径朝前走去，靠近狐狸，刚举起手中的棍子，那畜牲便轻盈地一跃而下，跑进暗处消失不见。草丛中一阵隐隐骚动，想必另有几只狐狸藏在里面。

狄公在门前止步，只见小小的前院里满地垃圾秽物，弥漫着一股霉腥之气，朽坏的屋梁倒在墙根下。角落处竖着一座狐狸石像，蹲伏在高高的石制底座上，与活物一般大小，脖颈处围着长长一根红布条，此乃唯一有人来过的迹象。祠堂呈四方形，用砖石筑成，已是年久发黑，外面爬满野藤，右角塌陷，致使屋顶歪斜，看去岌岌可危，瓦片也多处脱落，露出粗黑的横梁。狄公走上三级青石台阶，用棍子敲敲槅门，不料一块朽木竟坠地碎裂，轰响声在空寂的暗夜里听去格外惊人。

狄公等待半晌，见里面全无动静，便推开槅门走入。左厢的侧殿里透出一线微光，他绕过墙角，蓦然止步。只见墙上高处的壁龛里燃着一支蜡烛，下方立着一个又高又瘦的人形，身上裹一件肮脏褴褛的破衣，用一颗骷髅作为头颅，一对空洞凹陷的眼窝正紧盯着自己。

“好一出傀儡戏！”狄公冷冷说道。

“你本该尖叫着跑出门去，然后再摔折了腿才是。”有人在背后轻声说道。

狄公缓缓转身，与一个年轻女子正对上脸。只见她穿一件质地粗陋的褐色外褂，套一条破旧长裤，身段窈窕，容貌俊俏，神情却颇显呆滞，一双大眼中流露出惊恐之色，手持一把长匕首，刀尖稳稳顶住狄公的腰窝，接着又道：“那我不得不立时就宰了你！”

“真是一柄漂亮的刀子！还闪着好看的蓝光哩。”狄公徐徐说道。

女子低头去看时，狄公扔下木棍，一把抓住她的手腕，喝道："郁金，休得胡闹！是小凤凰叫我来的，我也见过宋一文。"

郁金点点头，轻轻咬住丰唇。"狐狸到处乱窜，我还以为是宋先生来了。"说话时伸头望向狄公背后的傀儡，"我看见你从小路走来，便在我的情郎头上点起蜡烛。"

狄公松开她的手腕："我们找个地方坐下如何？我想与你说几句话。"

"只是说话，可不许胡来。不然我的情郎会十分妒忌。"郁金正色说罢，将匕首纳入袖中，走到傀儡面前，整整那一身破衣，低声说道，"我不会与他胡来的，亲人儿，说话算数！"又抬手轻拍一下骷髅头，从壁龛中取下蜡烛，直朝对面一道拱门走去。

狄公跟随在后，走入一间霉腥味浓重的小屋。郁金将蜡烛放在简陋的木桌上，在一张矮竹凳上坐下。除了一只藤编脚凳之外，房内再无其他家什，墙角处堆着几张破席，应是充作床铺。后墙的上半截已然坍塌，屋顶也有残破，可以望见外面的天空。缺口处爬满密密的野藤，枝条顺着砖石垂落下来，枯叶扫在满是尘埃的地上，沙沙作响。

"这里好热。"郁金低声说罢，脱去外褂扔在破席上，

狄公夜探黑狐祠堂

浑圆的肩头与丰满的前胸沾有尘垢。狄公先试探一下那张松散摇晃的藤凳，然后小心坐下。郁金木然相望，不停揩拭上身。狄公虽觉寒意阵阵，却见郁金汗出如浆，直顺着前胸流下，在平坦的小腹处留下一道灰黑的印记，脏污蓬乱的发间系着一根红布条。

郁金突然开口说道："我的情郎是不是看去很吓人？但他心肠很好，总是耐心地听我说话，从不曾离开我。这可怜人没有脑袋，我就找了一个最大的骷髅头给他，每隔几天，还替他换身衣裳，都是我从后院的地里挖出来的。那边有许多骷髅和死人骨头，也有漂亮衣服。宋先生今晚为何没来？"

"他忙得脱不开身，便让我来告诉你一声。"

郁金缓缓点头："我明白。他一直忙着要查明旧事，发生在很久以前——他说过有十八年了。但是他的杀父仇人仍活在世上，他一旦找到，就会把那人送去法场，砍头示众。"

"我也在四处寻找那人。郁金，那人姓甚名谁？"

"姓甚名谁？宋先生还不知道。不过他一定会找到的。如果有人害死了我的父亲，我也会……"

"你是一个孤儿吧？"

"我不是！我的父亲有时会来看我，他是一个好人。"

郁金说到此处，声调忽然转悲，“但他为何要骗我呢?”

狄公见她目光灼灼，便出言劝慰道：“必是你弄错了，你父亲一定不会骗你。”

“他真的骗了我！他说自己长得很丑，所以总是用围巾蒙住头脸，但是有一天晚上，小凤凰在路上遇见了他，说他一点也不丑。那他为何不想让我看见他的脸面?”

“郁金，你的母亲呢?”

“死了。”

“原来如此。是谁将你抚养长大？是你父亲吗?”

“不是，是我的老姨妈。她心肠不好，把我送给了坏人。我逃出来，他们一直追到这里，先是白天来了两个人，我拿着骷髅和死人骨头爬到屋顶上，冲他们扔下去，把他们吓跑了。晚上又来了三个人，他们看见我的情郎，大声叫喊着跑出门去，一个家伙还被石头绊倒，摔折了一条腿，你真该瞧瞧他被人拖走时的那副模样！”郁金说罢放声大笑，尖锐的笑声在空屋里回荡。

野藤中传出沙沙声，狄公回头看去，只见几只狐狸从外面跳上断墙，用绿莹莹的眼睛紧盯着自己，再看郁金，正两手掩面，浑身打战，肩头满是汗水，便又说道：“宋先生告诉我说，他常和孟先生一同来这里，就是那个茶庄掌柜。”

郁金垂下两手:“茶庄掌柜?我从不喝茶，只喝井水，但是如今也不爱喝了……不错，宋先生说过他住在一个茶庄掌柜的家里。”说罢思忖半晌，微微一笑，“宋先生隔天晚上就会来这里，带着他的笛子，我的狐狸喜欢听他吹曲子。他很喜欢我，还说要带我远走高飞，去一个很好的地方，天天都可以听曲子，但是不让我告诉旁人，因为他不能娶我。我对他说我绝不离开这里，也绝不嫁给别人。我有自己的情郎，绝不会离开他，绝不!”

“宋先生没跟我提过你父亲。”

“当然没有!父亲说过我不能跟任何人讲有关他的事，但我已经告诉你了!”郁金说罢，惊恐地瞥了狄公一眼，抬手按住喉头，“我咽不下东西……头疼得厉害，嗓子也疼，而且越来越糟……”说着牙齿格格打战。

狄公站起身来，心想这姑娘着实病得不轻，明天定要派人接她离开此处。

“我会告诉小凤凰你不太舒服，明日我二人再一同来看你。你父亲莫非从没说过让你和他住在一起?”

“他为何非要如此?他说我就住在这里最好，照看我的情郎和狐狸，什么地方也别去。”

“你得小心那些狐狸。一旦它们咬了你……”

“这叫什么话!”郁金怒道，“我的狐狸从不咬我!有的和我一起在那边墙角里睡觉，还舔我的脸呢。走开！我不喜欢你这人了！”

“郁金，我也很喜欢飞禽走兽，但是禽兽和人一样，有时也会生病。它们要是咬了你，你也会生病。我得走了，明日再来看你。”

郁金跟随狄公走到前院，指着狐狸石像，怯怯说道：“我想把那条漂亮的红围巾取下来，给我的情郎系上。你说石头狐狸会生气吗？”

狄公略一思忖，心想为了她的安全，那傀儡还是保持原样、看去更加骇人为上，于是答道：“我想那石头狐狸会很不乐意，最好不要把围巾取下来。”

“多谢你了，我会另做个斗篷扣针给我的情郎，就用宋先生答应送我的银发簪。你回去告诉宋先生一声，让他明天带来可好？”

狄公点头应允，走出大门，朝月色中的荒地四下环顾，未见一只狐狸。

十

狄公返回野松林，将风灯遗在一棵树下，又将身上的衣袍仔细掸净，方才走入敏悟寺后门。角落处那间令人虚惊一场的小屋，此时已窗户紧闭。

两名僧人正站在大殿前的台阶上闲话。狄公走到近前，开口问道："在下特来拜会鲁禅师，不过禅师他似乎不在房内。"

"这位施主，禅师前天来到敝寺，今日一早便去县衙府院了。"

狄公谢过二僧，直朝正门走去。两个轿夫正蹲坐在路旁，掷着黑白石子小赌作戏，一见狄公连忙起身，随后依命抬轿前去县衙。

狄公回到府内，直奔中庭，想要赶在其他宾客驾临之前先与骆县令谈过，然后再抓紧更衣赴宴。

大厅前的花园内，五六个侍女正往树枝上系扎彩灯，两名男仆在莲池边搭起竹架，用以悬挂爆竹。狄公仰望二楼阳台，只见骆县令身着一件富丽宽大的蓝色锦袍，头戴乌纱帽，正立在朱漆栏杆旁与高师爷交谈，不禁暗自庆幸夜宴尚未开席。

骆县令见狄公一路走来，惊问道："仁兄为何还未更衣？众宾即刻便要到了。"

"有一桩要紧事，非得与骆兄私下密谈不可。"

"高方，你且去大厅里，看看管家可否全都安排妥当。"待高师爷走入房内，骆县令急急问道，"却是何事？"

狄公倚靠朱栏，述说一番如何由《黑狐曲》一路寻到荒废的黑狐祠，又如何与郁金会面攀谈。骆县令听罢欣然赞道："狄兄果然好手段！如今这人命案子大有进境，我们终于知晓原因何在！宋一文前来金华，竟是为了追查杀父仇人，但那人得到风声，便先下狠手害了宋一文的性命。他在宋一文的住处翻箱搜箧、孜孜以求的，正是有关十八年前旧案的笔录，并且确实找到了！"见狄公点头称许，接着又道："既然宋一文在县衙档房中看过其父一案的详录，我们须得把庚戌年所有的存档案卷都细细浏览一遍，查明可有悬案、失踪或绑票之类曾牵涉到姓宋之人。"

"还不止于此。宋一文既是秘密查访，保不定隐姓埋名而来，打算一旦寻到仇家、找到证据，便亮出自家身份去官府状告。那人杀死了宋一文，但我们也已开始追踪他了！"狄公说罢，用力揪揪长髯，又道，"我还想找到另外一人，便是郁金的父亲，这厮简直没有心肝，竟让自己的私生女住在那般肮脏污秽之处！况且郁金已染上重病。小凤凰曾在半路中遇见过郁金的父亲，当时他并未用围巾遮住脸面，不定小凤凰还认得出他来，即使认不出，至少也可描述一番其身形相貌，你我须得查问此事。一旦找到此人，再让他供出郁金母亲的来历，且看能否为那可怜的姑娘略尽绵薄之力。小凤凰来了没有?”

“来了，正在大厅后面的临时梳妆室内，幽兰也与她同在一处，正帮着涂脂抹粉哩。派人叫她到这里来，因为另有两个舞姬也同在一室，但我们只能与她私谈。”骆县令说罢，朝栏杆外面一望，“我的天！邵张二位已经到了，我得立时前去相迎。仁兄快从那边的小楼梯下去，速速更衣前来!”

狄公疾步走下阳台一侧的狭窄楼梯，转回自家住处。

狄公换上一件深蓝印花长袍，心想自己很快便得离开金华，想必无法看到如何继续勘案，不禁颇觉抱憾。一旦查明了宋一文之父的身份，骆县令自会接着追查其人十八年前被害时的详情，再寻访所有与他有过来往、至今仍住在此地的亲友故旧，凡此种种，须得花费不少时日。自己还须亲自关照郁金，让她务必得到妥善安置，等诊治过后，骆县令自会让她讲些有关宋一文的情形。宋一文为何会找到郁金？只因他喜爱不同寻常的曲子？似是不大可能。不过，宋一文确实迷恋上了郁金，孟家女仆说过他偏爱情歌，还打听过银发簪，如今得知确是预备买给郁金的。尚且有许多可能。狄公对着镜子整整官帽，然后快步返回中庭。

阳台上灯火通明，映得一片锦袍玉带熠熠生光，定是众人正在欣赏花园夜景。狄公暗自庆幸，若是在贵宾已然就座后才赶到的话，将会何等尴尬难堪。

狄公走上高台，先与邵繁文长揖见礼。只见他身着一袭辉煌飘洒的绣金锦袍，头戴一顶大学士的高方帽，长长两条黑飘带垂在背后。鲁禅师披一件镶黑边的猩红袈裟，看去颇有威仪。张岚波身穿一件褐色绣金丝袍，头戴一顶金边高帽，看去精神焕发不少，与骆县令晤谈正欢。

“狄兄来得正好。”骆县令欣然说道，“张公的诗作，一大长处便是描摹生动、活灵活现，不知你可否赞同？”

张岚波连连摇头。“骆县令，你我大可不必在这些空洞的溢美之词上浪费工夫。自从我上书乞骸骨后，便一心致力于编纂三十年中的旧作，这才发觉拙作中恰恰缺少此节！”说罢扬手示意一下，止住骆县令的反驳之辞，“且听我细诉其中缘由。我一向过得平静安逸、衣食无忧，诸位想必知道，拙荆亦会作诗，我们膝下并无儿女，住在京城外一座景致宜人的田庄里。我喂养金鱼，栽种盆景，拙荆侍弄花草。偶尔有故友来访，众人一道吃顿便饭，然后谈诗论文直至深夜。我一向自以为过得舒心惬意，近来才忽然省悟，拙作所述只是心中臆想出的虚幻之境，与凡尘现世相去甚远，因此向来没有血肉、全无生气。祭拜过先祖祠堂后，我更是扪心自问，莫非这几卷苍白无力的诗作，当真便是半百生涯的充分写照与印证。”

骆县令急急说道：“张公所说的虚幻之境，实则要比所谓的现世更为切实。外界俗世有如镜花水月，向来短暂易逝，张公却已参得养内修心的恒久真谛。”

“多谢骆县令一番美言，但我仍是觉得，倘若能体验一些完全颠覆这平静生活的东西，纷乱破碎的心情，甚或悲惨的经历，则会……”

“张兄可是大错特错了!”邵繁文的话音深沉有力，“鲁禅师请这边来，老夫也想听听你有何高见！张兄，我已年近花甲，比你痴长了将近十岁，这四十年里奔波劳碌、从无稍歇，向来供职于朝廷枢要，担负一大家人的衣食起居，在公在私，诚可谓饱尝人间酸辛！唯有去年致仕后，我方可独自优游四方，遍访胜地，开始看破繁华色相，悟到更为恒久的价值存在于碌碌尘寰之外。而张兄恰恰相反，省却了奔波劳碌的过程，正所谓‘不出户，知天下；不窥牖，见天道'[1] 了！"

"邵公是在引用道家之言！"鲁禅师议论道，"道家的祖师爷是个废话连篇的老蠢材，他先说无言胜有言，然后便啰嗥出五千字的《道德经》来。"

张岚波反驳道："我可不敢苟同！佛祖……"

"佛祖是个肮脏污秽的叫花子，孔丘则是个爱管闲事的老学究。"鲁禅师率然说道。

狄公听罢最末一句，不免吃惊，暗自希望邵繁文会大加反驳。不料邵繁文只是微微笑道："若是禅师对三教都嗤之以鼻，又将归于何处？"

"归于虚空！"鲁禅师应声答道。

"啊哈！非也非也！你理应归于书教才是。"邵繁文大声说道，"骆县令，老夫且来告诉你该如何行事！晚宴过后，去取一大幅白练，铺在大厅的地上，鲁老翁自会赐一副对子在上面，用扫帚或是别的什么东西书成皆可！"

骆县令欣然应道："果然妙绝！从此又多了一件家藏传世的墨宝！"

狄公想起在寺庙的外墙或石碑上，曾见过高逾六尺的绝佳题字，落款为"鲁老翁"，不禁对这丑和尚陡生敬

[1] 此句出自《道德经》。高罗佩先生在另一部著作《琴道》第一章中曾引用过此句。

意，开口问道:“师父是如何写成如许大字的?”

“贫僧立在高架上，用五尺长的大笔书写。写屏风时，则是在横架的梯子上边走边书。骆县令，最好命贵府家仆先备好一大桶墨汁!”

“何人想要一大桶墨汁?”幽兰娇柔婉转的声音响起。只见她已精心梳妆打扮过，看去着实艳光照人，一袭剪裁巧妙的茶青色衣裙掩去了略显发福的身形，加入众人谈话时轻松自如、不着痕迹，与邵张二位言谈时也甚是得体，既有诗苑同道之间的稔熟，又不失隐藏的敬意。唯有在青楼行院里度过多年的女人，方能如此从容自若地应对家人之外的男子。

管家推开门扇，骆县令肃客入厅。只见四根朱漆大柱支撑起富丽的彩绘屋梁，柱子上刻有两行镏金大字“幸逢圣明主，共乐太平年”，两侧的拱门皆饰有雕花精美的槅扇，左门通向侧厅，众仆正在那边温酒。侧厅对面坐着六名乐工，两人吹笛，两人弹琴，另有一女吹笙、一女鼓瑟，正合奏出曲调欢快的《迎嘉宾》。后墙处立着一架硕大的三扇白丝素屏，屏前一张宴桌，正是首席，骆县令毕恭毕敬请邵繁文张岚波就座。二人一力谦让，道是不当受此殊荣，经过骆县令一番劝说，到底依言而行。骆县令又请狄公坐了左边上席，与张岚波相邻，请鲁禅师坐了右边上席，又请幽兰坐在狄公一侧，自己则坐在右边下席，与鲁禅师邻座。三张宴桌上皆铺有贵重的金线镶边大红锦缎，摆放着金杯银箸与精美的细瓷彩绘碗碟，盘内盛有各色美味冷荤，如凉拌鱼肉、火腿片、咸鸭蛋等等。墙边立着几盏高大灯台，将大厅内照得一片通明，然而每张桌上的银烛台中仍点了两支红烛。侍女从旁执壶斟酒，骆县令首先举杯，恭祝众人吉祥康健，然后宾客纷纷举箸品尝起来。

邵繁文与张岚波开始大谈京师里知交故旧的近况，狄公也与幽兰闲话几句，殷勤询问她几时来到金华。幽兰道是正在两天前，由一名队正和两名兵士押解途经此地，暂住在蓝宝石坊后面的一家小客栈里，还说如今掌管蓝宝石坊的妇人，正是自己当年所在的京师行院院主，故而前去会面叙旧，提及此节时态度从容，并无丝毫尴尬之意，过后又道："贫道在蓝宝石坊内得识小凤凰，这姑娘不但舞技出众，人也格外聪慧。"

"在我看来，她似乎过于心高了些。"狄公说道。

"你们男子永远不会懂得女人。不过对我等而言，或许倒是幸事一桩！"幽兰淡淡说罢，愠怒地瞥了一眼首席，邵繁文正在大发宏论。

"老夫且来代表诸位，向骆县令这般的天才诗人、干练官员与殷勤东道深表谢意！多谢你在这中秋佳节，让我们这一班意气相投的老友得以小聚。”邵繁文双目灼灼，转而面对幽兰，“值此美酒佳肴、情洽意谐之际，幽兰，你且为众人赋诗一首，以志今日雅会！题目就叫作《喜重逢》。”

幽兰执杯在手，把玩片刻，开口吟出四句，音声圆润悦耳：

香盈庭轩内，
案上红烛烧。
金樽盛玉液，
银盘列佳肴。

幽兰略一沉吟，骆县令点头微笑。狄公却留意到鲁禅师正紧盯着幽兰，一双蛤蟆眼中神色古怪。只听她接着念道：

美酒千人血，
珍馐万姓膏。
朱泪凝愁苦，
滴落至明朝。

席上顿时默然，人人惊诧莫名。张岚波涨红了脸面，恼怒地瞥了幽兰一眼，强自镇定说道：“幽兰，你所说的

金华府迎宾开夜宴

共楽太平年
RH

情形，只是偶尔发生在一些旱涝肆虐之地。”

“随时随地都在发生，你该是心知肚明的！”幽兰率然应道。

骆县令连忙拍手示意，乐工又奏出一段动人的曲调，两名妙龄舞姬翩然转出，身着轻飘透明的长裙，一白一蓝，对着首席躬身下拜后，轻举双臂缓缓旋转，长袖末端围绕全身荡出圆弧形，一人踮起足尖舞动时，另一人便曲下一膝，彼此交替变换着舞姿，这便是著名的《双燕春》。二女虽然跳得十分出色，但是对于薄裙下的裸身仍有所顾忌，不似资深舞姬那般纵情尽意。侍从不断捧上热气腾腾的菜肴，宾客们各自闲谈，并未十分在意场中歌舞。

狄公偷眼打量，只见幽兰面色疲惫，无精打采，只略用了几口饭菜。从其生平小传中，得知她曾饱经困苦，一片诚挚之心颇可赞赏，不过对于今晚的热心东道，如此诗作却是多有不敬，甚至言语冒犯。狄公俯身低语道：“炼师适才的大作，莫非不觉得有失厚道？据我所知，骆县令虽说看似放浪不羁，为官却甚为严谨，不但盛情款待你我，还用私产慷慨扶助许多慈善会所。”

“谁想要那些劳什子慈善会所！”幽兰不屑地说道。

“想不想要姑且不论，许多百姓确实由此得到救济。”狄公冷冷回道，心想这古怪女子着实不可理喻。

一曲终了，两名舞姬躬身再拜，众人泛泛称赞几句。此时又有美酒佳肴送上，骆县令起身离座，欣然说道："诸位方才看到的歌舞，只是压轴大戏之前的平常曲目！请先享用红烧鲤鱼，再登上高台观赏焰火，过后还有难得一见的当地古曲奉上，由小凤凰献舞，用两支竹笛与一面小鼓伴奏，名字叫做《黑狐曲》。"说罢重又坐下。

席间响起一片惊诧唏嘘之声。邵繁文高声赞道："好个主意，骆县令！老夫终于能有幸一睹《黑狐曲》了！"

"听去倒是颇有趣味。"张岚波说道，"身为金华人氏，我深知本地盛行关于狐狸的传说，但还从不曾听说过有黑狐舞。"

鲁禅师对骆县令嘶声问道："敢问观此邪魔之舞可否合宜，在今日这般……"此时乐声复起，后话就此湮没不闻。

狄公正想与幽兰攀谈几句，不料她抢先说道："回头再议不迟！我很中意这支曲子，以前曾用来伴舞。"

狄公转而用心品菜，浇过糖醋汁的红烧鲤鱼果然美味。大厅外突然一声巨响，一只焰火飞上夜空，划出长长一道五彩斑斓的亮光。

"还请诸位前去高台！"骆县令大声说罢，又对站在屏风一侧的管家命道，"吹熄所有灯烛！"

众人纷纷起身，出门行至阳台上。狄公停在朱漆栏杆旁，与骆县令一左一右分立于幽兰两侧，高师爷与管家则站在几步开外。狄公回头看时，隐约瞧见邵繁文高大的身影，暗想张岚波与鲁禅师应是同在那边，但此时所有灯烛已灭，大厅内一片幽暗，故此无法看得分明。

下方花园中的竹架上，一只硕大的光轮开始旋转，挂在周遭的爆竹不断喷出火花。只见轮子愈转愈快，蓦地消散为一片五彩星雨。

“真是美极了!”邵繁文在狄公身后大声赞道。

空中闪出一束鲜花，随着一声巨响，化成一群彩蝶，接着又是一长串各色吉祥图符，令人眼花缭乱。狄公正欲开口，却见幽兰面色苍白憔悴，便又改了主意，姑且按下不提。幽兰忽然转头说道:“难得骆县令一番盛情，这景象果然美轮美奂!”

又是一连串爆鸣声响起，淹没了骆县令的自谦之辞。一股火药味弥漫在园中，狄公方才连饮数杯，此时深吸几口辛辣之气，倒是颇觉受用，头脑也稍稍清爽。只见天上现出一幅巨大的福寿禄三星像，最后一串爆竹响过后，园中转为幽暗。

“有劳骆县令!”张岚波口中说着，已与邵繁文、鲁禅师一道行至栏杆旁。三人向骆县令致谢时，幽兰对狄公低声说道:“三星高照实在荒唐可笑。你若是有了福，禄星便会令你不快，然后寿星又会使你福气丧尽。此时夜凉如水，寒气迫人，你我还是转回厅堂去，灯烛已经重又点亮。”

宾主归席落座后，六名仆从送上热气腾腾的水饺。唯有幽兰兀自站立，对狄公说道:“我去看看小凤凰是否已妆扮停当，这姑娘满心指望今晚能在贵客面前献艺，从此振起名声，敢说还梦想着被举荐到京师去呢!”说罢朝宴桌后方的拱门走去。

“老夫提议，为我们的慷慨东道干一杯!”邵繁文大声说道。

众人纷纷举杯。狄公夹起一只饺子送入口中，尝出是猪肉姜葱馅。对面席上摆着油炸豆腐，是为鲁禅师专门预备的素食，却见他丝毫未动，手拈一片糖渍水果，一双蛤蟆眼紧盯着幽兰方才离去的拱门。忽听“啪嗒”一声，骆县令失手将筷子掉在桌上，抬手指向这边，压低嗓子惊叫一声。狄公连忙转身看去。

只见幽兰站在门口，面色惨白，茫然注视着自己沾有鲜血的两手。

十一

眼看幽兰脚底打晃，狄公跳上前去扶定，连忙问道：“炼师可是受伤了？”

幽兰抬头望着狄公，两眼无神，嗫嚅说道：“她……她死了。就在梳妆室里，喉头处……有个大口子，我……我弄了一手的血……”

“她到底说些什么？莫非误伤了两手？”邵繁文叫道。

“没有的事。似是舞姬出了点事故。我们且去看看能否帮她一二。”狄公镇定说罢，朝骆县令使个眼色，扶着浑身无力的幽兰走到外间。高师爷与管家正在侧厅内对一名婢女吩咐训示，一见幽兰这副模样，不由得大惊失色，婢女手中的托盘“哐啷”一声掉在地上。待骆县令奔出后，狄公对他低声说道：“小凤凰被人杀死了！”

骆县令对高师爷喝道：“快去正门口，叫他们不许任何人出入！派人去叫仵作！”再对管家命道，“立即锁起府内所有门扇，叫女眷总管来！”转身又对呆若木鸡的婢女叫道，“送炼师去高台一侧的前厅，找把圈椅让她好生躺下，女眷总管过去之前，不许你离开半步！”

狄公从婢女腰间抽出一条手巾，揩揩幽兰的两手，见并无创口，便对骆县令问道：“梳妆室如何走法？”说话间将几乎昏厥的幽兰交给婢女搀扶。

“这边来！”骆县令说罢，疾步走入大厅左边的一条狭窄过道。只见过道尽头有一扇小门，骆县令上前推开，不禁倒吸一口凉气。狄公匆匆打量一眼正对门口的一道下行楼梯，紧随骆县令走入房内。只见梳妆室形状狭长，弥漫着一股香粉与湿汗混杂的气味，里面并无一人，高高的白纱灯正照着小凤凰半裸的尸身，仰面躺在乌木长榻上，只穿着一件透明中衣，丰满的两腿垂向地面，细瘦赤裸的双臂伸展开来，一对失神的眼睛直愣愣盯着天花板，咽喉左侧的血污正缓缓浸润在长榻的苇席上，瘦削的肩头处显出血指印。那张面具似的脸孔已化过浓妆，鼻翼狭长，口唇歪斜，露出一排细小尖利的牙齿，令狄公不由想起狐狸的模样。

骆县令抬手轻触小凤凰挺直的乳房下端，直起身来，低声说道：“定是死了才不过片刻工夫！那个准是凶器！”说罢指着地上一柄沾有血污的剪刀，随即俯身拾起。

梳妆台前的椅子上放着小凤凰的衣物，叠得整整齐齐，屋角的衣架上挂着一件宽袍大袖的翠绿丝裙，还有一条大红丝绦与长长两片薄纱巾。狄公看在眼里，转头对骆县令说道："她正要穿上舞裙时，突然被人杀死。"说罢从桌上拿起宋一文的《玉笛谱》纳入袖中，又看见一扇小门，正在方才走入的房门一侧，"这门通向何处?"

"通向大厅，正在大屏风背后。"

狄公转动把手，"咔嗒"一声门扇开启，只听张岚波的声音传来："……道是骆县令的府内便有个大夫，因为……"

狄公轻轻掩上房门，说道："骆兄想必还得四处查看一番，最好我先行归席，代你作个东道，不知意下如何?"

"就这么办！幸好狄兄说过只是出了事故，你我仍持此说，无须惊扰宾客，就说小凤凰用剪子戳伤了自己。待我先去盘问众人，过后你我再议。"

狄公点点头，开门走出。侧厅里一干男女仆从皆是惊惧不安，狄公吩咐他们自去料理各人之务，然后回到大厅坐下，开口说道："原来是舞姬失手掉了剪子，不巧伤在右脚血脉上。幽兰想帮她包扎伤口，见了血却又发晕，便跑回求助。各位如不介意，我且来代替骆县令作个东道。"

邵繁文议论道："将在如此盛宴之上献舞，想来那女子定是一时紧张、慌了手脚所致！幸好不曾伤到幽兰。虽说为那叫什么凤凰的姑娘颇感惋惜，但是没能看到黑狐舞，老夫倒也并不在意。我等今日聚会自有高旨，非是一味的耳目声色之娱。”

“舞姬伤了脚，实在太不走运!”张岚波说道，“如今我们只有四人在座，大可不必在意繁文缛节，且将三张桌子合在一处如何？若是幽兰归席，仍可为她腾出位子来。”

“好个主张!”狄公赞罢，拍手召来侍从，命他们将左右两张宴桌挪至上首、并在一处，自己与鲁禅师起身移席，面对邵张二人坐下，又命侍女斟酒。众人为小凤凰早日康复干过一杯，两名仆从端上烤鸭，乐工复又弹奏起来。

邵繁文举手大声喝道：“狄县令，叫他们撤去菜肴，让那些闲人也都走开！我们已经吃够听够了，如今且来喝个痛快!”

张岚波举杯祝了一巡酒，接着是鲁禅师，狄公也代缺席的东道敬了三位贵宾一回。邵张二人开始争论古文今文孰优孰劣，甚是艰深难懂，狄公正好得空与鲁禅师攀谈。鲁禅师已喝下不少，显见得出家受戒时没有不得饮酒这一条戒律，粗糙的面颊上蒙着一层湿汗，看去愈发像是一只癞蛤蟆。

狄公开口说道：“晚宴之前，师父说过自己并非虔信佛祖，为何会有个禅师的名号？”

鲁禅师率然答道：“这名号从早年起便按在了贫僧头上，从此摆脱不得。我知道名不副实，因此任由它自生自灭❶。”说罢举杯一饮而尽。

“此地似有不少佛徒。我看见一条街上有五六座寺院，只有幸造访过其中的敏悟寺，不知属于哪一宗派？”

鲁禅师定定打量着狄公，一双微红的蛤蟆眼里显出惊异之色：“哪个宗派也不属于。他们已悟出直指人心、见性成佛，因此无须佛祖来教诲何处有法、如何求法。寺内并无装饰富丽的佛坛，也没有经书与聒噪的法事，很是清静，因此贫僧每到此地，总去那里歇脚。”

邵繁文高声说道：“啊哈，禅师！张兄告诉我说他作的诗愈来愈短，最后该是只写对句了，正与你一般无二哩！”

“但愿如此！”张岚波怅然叹道。狄公见他两腮通红，再看邵繁文，却是面色未变、平静如常，心想二人的酒量高下立判。

张岚波摇一摇头，接着又道：“鲁禅师的大作乍一看去平淡无奇，有时甚至于理不通，但总是难以忘怀，直到

---

❶ 此处直译应为“因此把它留给了去埋葬死人的死人”，原为西典，语出《圣经·新约·路加福音》9：60。

某天突然领悟了其中奥妙！来来，且为我们杰出的对句大师干上一杯！”

众人饮过后，张岚波又道：“既然我等独享此间，禅师何不在那屏风上为主人题字若干？你那精彩绝伦的书法，定能补偿骆县令今晚错失的美酒！”

鲁禅师放下酒杯，冷冷回道：“张公此言未免轻率，恕贫僧不能苟同。对于自己的手艺，我一向十分看重。”

邵繁文高声说道：“哈哈，禅师！我们可听不进你的借口托词，想是喝得太过不敢写吧，敢说此时已两股战战了！拜托拜托，机不可失时不再来！”

张岚波哈哈大笑。鲁禅师并未理会，转而对狄公徐徐说道：“要将恁大一幅屏风取下，颇为不易，况且众仆看去皆是恓恓惶惶、六神无主。若是替我取张纸来铺在案上，贫僧倒愿为主人献诗一首。”

邵繁文说道：“好好！我等皆是有雅量之人，既然你喝得太多，不能书成巨幅大字，姑且放你一马写个小卷子。狄县令，叫人取文房四宝来！”

两名仆从将桌面收拾妥当，又有侍女捧过一卷素纸与笔墨等物。狄公亲自选了一幅五尺长、二尺宽的厚密白纸，放在桌上展开。鲁禅师一边磨墨，一边口唇翕动，低声咕哝几句。等他拿起笔来，狄公连忙伸手按住纸头，免得滑动。

鲁禅师起身离座，对着纸面凝神注视一二刻，然后提笔飞速写下两行诗句，每行都是一笔草成，犹如长鞭闪过一般迅捷。

邵繁文高声赞道："老天！这当真是古人所谓的神书了！虽不能说十分欣赏诗中之意，但这书法本身就值得刻石传世，以供后人景仰！"

张岚波大声念道："'人皆归去所来处，风烛烟消火灭时。'禅师可否将诗意解说一二？"

"却是不能。"鲁禅师说罢，另取了一支细管小排，将其题献给骆县令，并一挥而就落下大款"鲁老翁"。

狄公命侍女将字幅悬在屏风正中央，想起小凤凰的尸身此刻正横陈在墙后的屋内，深感此诗恰是为她所作的墓志铭。

一时高师爷走入，与狄公附耳低语几句。狄公听罢，点头说道："骆县令让我告知诸位，他不能再来奉陪，深感惋惜，幽兰炼师也头痛欲裂，请求不再归席。我这临时东道自当勉力为之，此次雅会若能令各位畅意开怀，便是狄某之大愿。"

邵繁文举杯一饮而尽，揩揩髭须。"狄县令已十分尽力，不过我们也该散了，诸位意下如何？"说罢站起身来，

"明早观赏拜月坛时，我等再向骆县令当面致谢。"

狄公引着邵繁文朝台阶走去，高师爷陪张岚波与鲁禅师跟随在后。邵繁文降阶而下时，微微笑道："狄县令，下次你我定得长谈一回！很想听听你关于政事的看法，老夫一向乐于听取年轻官员们的意见……"说到此处，忽然面带疑色瞥了狄公一眼，似是思忖以前可否说过这番话，到底还是欣然道别，"罢了，明日再会！"

狄公与高师爷长揖数次，方才送三位宾客离去。狄公开口问道："高先生，不知骆县令在何处？"

"回狄老爷，正在楼下的前厅内，还请这边走。"

骆县令蜷缩在茶几旁的一张圈椅中，两肘据案，听见狄公进来，方始抬头。只见他面色憔悴，眼神疲惫，甚至连胡须也耷拉下来，嘶哑说道："狄兄，我搞砸了！都完了，全完了！"

十二

狄公挪过另一把椅子，在骆县令对面坐下，开言劝慰道:“凡此种种，确实非常之糟。自家府里出了人命案子，自然绝非快事，奈何终已发生。要说这胆大妄为的歹人为何犯案，有件事可能会令你有兴：我找到城里一个吹笛名家，让他帮忙瞧瞧宋一文那本曲谱，却听他道是小凤凰十分精通如何欺诈客人。若是一个女子对男子谄媚逢迎于前，却又在将要入港时断然回绝的话，难免会招来仇家。据我想来，正是这样一个心怀怨毒者，趁着府上举办夜宴，各色人等送酒送物、穿梭往来之际，瞅个空子悄悄溜入，然后通过正对着梳妆室门口的暗梯钻了进去。”

骆县令似是听而不闻，此时抬头颓然说道:“自打我一住进这府里，就命人把那道楼梯底下的门扇锁起。虽说家中妻妾在温婉柔顺上未必总是尽如人意，但我也远不至于用得着‘王妃梯’。”

“‘王妃梯’！那又是何物?”

“哦哦，仁兄必是不读今诗的人了？话说二十年前，恶名昭彰的九皇子就住在此处。他不但希图谋反，且又十分惧内。有人说他之所以会谋划那场注定败亡的叛乱，都是王妃一力撺掇的结果。王妃在幕后操纵，一手主持修造了大厅后的密室与暗梯——顺阶下去，便是一条直通向女眷内宅的廊道。当时大厅后方立着一架高大屏风，一如今日之制。九皇子坐在屏风前的宝座上，与同党相与议事时，王妃便走入密室，立于屏风后谛听始终。若是她敲一下屏风，九皇子就得回答‘否’，若是敲两下，就回答‘是’。这一段逸事流传甚广，以至于‘王妃梯’成了诗文中常用的典故，意指惧内夫君。”

狄公点点头：“如此说来，既然凶手不可能通过后梯潜入梳妆室，那他又是如何……”

骆县令长叹一声，黯然摇头：“狄兄莫非看不出来，此案正是那昏了头的才女诗人一手做下的！”

狄公直坐起来。“骆兄何出此言！你是说幽兰进入梳妆室时，恰逢小凤凰……”说到此处住口不语，低声又道，“老天！你说得不错，她大可如此行事，但是究竟为何？”

“想必你已看过我为她所作的小传，其中写得明明白白。她对男子厌恶已极，却对小凤凰一见钟情。她亲自携那舞姬前来二堂，已是令我略感诧异，更有甚者，还满口亲昵地卿卿我我叫个不停。今晚她提早赶到大厅，说是要去帮小凤凰梳妆打扮，全是鬼话！她在房内足足流连了半个多时辰，自然是一力笼络，不料小凤凰威胁说要去告发，于是开宴之后，这天杀的才女便已打定主意要杀人灭口。”

“只为一个舞姬出语威胁？幽兰不会在乎这点小事！以前她就有过很多……”狄公犹疑说罢，忽然抬手一拍前额，“真是对不住骆兄，今晚实在太过愚钝！一个舞姬的正式控告会要了她的命！这又恰好证实已死侍女的情郎所言不虚，对她极为不利。”

“一点不错。当年迫使她离开巴蜀的那桩逸事已然平息，另一方既是刺史之女，自然不会有什么不利的证词泄漏出去。然而试想一下，若是一个当行舞姬上了公堂，控告一桩就发生在县衙府院大厅隔壁的案子，而且事无巨细直话直说，那会让幽兰百口莫辩，并被置于死地。才女如今已走投无路。”骆县令说到此处，抬手一抹汗湿的面颊，“但是我比她还要走投无路！身为一方县令，我有权将押解过境的人犯在本地滞留几日，不过必须通融官差。我曾白纸黑字署名画押，保证在敝宅内对幽兰全权负责，她却又做下另一桩同样的人命案，实在胆大妄为！她自然指望我会替她遮掩过去，道是有一不知名的凶手从外间闯入府内作案，以此为借口而双双脱困，不过却是打错了算盘!”

骆县令长叹一声，又郁郁说道:“如今真是霉运当头。一旦我上报了这桩丢人事，京师大理寺便会以玩忽职守、疏于防范为由，将我停职查办，然后发配边陲服苦役——这还算是从轻发落！且想想看，我邀她前来，只为向一个时运不济的出名才女示意友好，以此赢得京师里大人物们的几声称许罢了!”说罢从袖中抽出一条丝帕，不停揩擦脸面。

狄公背靠座椅，攒眉苦思。骆县令确实身陷危境，邵学士自然可以替他暗中出力开脱，使此案在京师得以幕后了结，但由此引起的众议可能有损于其人声誉。转而思之……尚且不该想得太远。狄公努力自持，徐徐问道:“幽兰说过什么没有?”

“幽兰？说是她刚走进梳妆室，就看见小凤凰倒在榻上，血流如注，于是跑上前去，想扶她起来，看看究竟出了何事！发觉人已断气，便奔回宴厅求助。此时她正在拙荆房内，瘫倒在榻上冷敷压惊哩!”

“她可否说过凶手会是何人?”

“说过，与那吹笛手讲与仁兄听的几乎一般无二，只有一点不同：幽兰坚称小凤凰洁身自好，许多下流男人正是因此而痛恨她！想必有人追求未遂，于是悄悄溜入动手杀人，倒是为我指出了一条方便的出路！我听罢未置可否，只嘱咐她眼下姑且说小凤凰出了事故，然后走开不提。”

“仵作验尸后有何说法？”

“全不出你我二人所知所料。我们进屋时，她确是死了才不过一半刻工夫，还说她仍系处子之身，我听了倒是毫不吃惊，瞧她那副尖嘴猴腮、细瘦平板的模样！那两个年轻舞姬应是最后见过她的人，道是替她备好茶点，收拾妥当后便回蓝宝石坊去了，当时她还好端端的哩。”

“家中仆从又有何说法？还有乐工？”

“仁兄还惦记着不知名姓的歹徒闯入？无有那般幸事！我与高方已问过所有人，乐工们在侧厅内观看焰火，根本无人走动，大厅高台正中和左右两端的台阶上也一直有人把守，因此歹徒绝无可能神不知鬼不觉走上高台。我也问及可否有人与小凤凰有过瓜葛，亦是无果，切记她是个洁身自好的女子！还有，那柄剪子分明是女人常用的凶器。案子始末便是如此，实在简单得出奇！”骆县令说罢，抬手一拍桌案，“老天！这真是一场好官司，保不定还会举国轰动哩！只是我得在堂下受审，而非在堂上就座，原本大好的前程，竟然要以身败名裂而惨淡收场了！”

狄公手捻颊须，默默思忖半晌，到底疑惑地摇一摇头：“另有一种可能，不过恐怕骆兄听了未必会中意!”

“仁兄虽不擅温言宽慰，但也不妨说来听听。如我这般走投无路之人，遇见救命稻草焉有不捞之理!”

狄公两肘据案：“骆兄明鉴，另有三人可能作案，说来便是你请的三位贵宾。”

骆县令从座中跃起：“狄兄定是在席上贪杯太过了!”

“许是如此，不然我本该早些想到这一层。骆兄且来回想一下，在高台上看焰火时，你我站在栏杆旁，我左手边是幽兰，过去就是你，再过去是高师爷与贵府管家。焰火虽然精彩，但我也四下环顾过几回，敢说这几人全没离开过。但是邵张二位与鲁禅师站在我等身后，当时是何情形，就不得而知了。焰火刚开始时，我看见过邵公，待到结束时，他与张公及鲁禅师一同走上前来。焰火正燃放时，你可曾留意过他们几位?”

骆县令已在地上团团疾走半日，此时止住脚步，重又坐下：“焰火初放时，张公就站在我身后，我意欲让位给他，他却说在我身后看得甚好，并无妨碍。我也瞧见鲁禅师站在张公身旁。焰火放到一半时，我发觉闪出的吉祥图符无一与佛教有关，正想对鲁禅师略表歉意，转过头去，却见身后并无一人——那时大厅里一团漆黑，我也被爆竹的火光闪花了眼。”

“果然不出所料。你方才亲口说过‘王妃梯’的典故在诗界人人皆知，还包括大厅后的密室与屏风后的暗门，这便是说三位贵宾中的任何一人，都有绝佳的机会奔去梳妆室内杀人害命。你既然明白说过小凤凰将在焰火结束后献舞，他们便预先得知她就在那间屋内，并且有的是工夫来盘算这一简单易行的计划。等到侍从吹熄灯烛，人人都面朝花园观赏焰火时，凶手便转回大厅，绕过屏风，溜进梳妆室，一边随口闲话，一边冷不丁操起剪刀杀死小凤凰，然后依原路不动声色折回高台，整个来去用不了片刻工夫。”

“若是凶手发觉房门上了锁，又当如何？”

“若是如此，他也大可上前叩门，因为燃放爆竹时响声甚巨。若是有侍女在旁，他只须说看乏了焰火，顺路走来温叙一二，于是暂且按下，日后伺机再图。实为绝妙的杀人计划。”

骆县令手捻髭须，沉思说道：“既然仁兄作如是说，想必不虚。但是，老天有眼，这岂非太过荒谬了些！一位如此声名显赫的大人物竟会……”

“骆兄，请问你与他们三位交情如何？”

“嗯哼，仁兄也明白与这些大人物结交是何情形。我以前曾与他们三位谋面数次，但都是人多且众的场合，谈论的也无非是诗文书画之道，至于他们真正的人品性情，确实知之甚微。不过，他们的事业生涯早已是尽人皆知！倘若某一位稍有一丝劣迹的话，众人就会……当然鲁禅师例外，此人无所不为，且又无所顾忌！倒也并非向来如此超脱，以前他曾主持经营一大片属于佛寺的田产，就在湖湘一带，也曾对佃农甚为苛刻，后来自是幡然悔悟，不过……”骆县令说到此处，苦笑一下，“实不相瞒，这一新路数委实令我难以消受！”

“骆兄，这我很能体会，非得将三位大人物设想成杀人嫌疑，着实难免震惊一二。说到鲁禅师，他在席间为你写了一幅极好的卷子，我已命人挂在屏风上。且罢，先不提这些才华横溢或是位高名重的话，只将三位想成一桩命案的平常嫌犯。我们已知人人皆有机会下手，下一个问题便是为何作案。首先得去蓝宝石坊询问有关小凤凰的情形，三位贵宾在金华都已驻留了一二日，这就是说，小凤凰很可能在今日午后被引见之前就已见过他们。她见到三人时，是何光景？”

“当时我陪邵张二位正要上楼去看大厅，迎头碰到幽兰与小凤凰走下来，我便将她引见给二公。过后我站在高台上，望见她在狐仙祠前遇见鲁禅师，他正是住在那祠堂后面的静室内。”

“原来如此。且罢，你从蓝宝石坊回来后，我们还得去县衙档房，查找宋一文研读的案卷，因为……”

“我的天！还有宋一文！居然要应对两桩杀人案子！慢着，有关宋一文的房东，我的管家说过什么来着？对了，他已派人在城东四处打听过，孟掌柜的名声非常之好，绝无一丝劣迹或丑闻。想来他之所以向我们热心兜售歹徒作案一说，只是为了卖弄聪明而已，几乎人人都乐于甘当缉捕、自行勘案！”

“不错，孟掌柜可以排除在疑凶之外。我曾经心生一念，便是宋一文与孟掌柜的女儿有私情。孟小姐年轻美貌，家中女仆也说过晚上在闺房中能听到宋一文吹笛，曲调十分缠绵。若是孟掌柜知晓了这一段儿女私情的话……不过，如今得知宋一文爱慕郁金，还想买银发簪送给她。宋一文在郁金面前也提起过孟掌柜，并无一语涉及疑心他曾谋害过自己的父亲，因此没有任何不利于孟掌柜的事实。”狄公说到此处，抬手缓捋长髯，“再说回小凤凰，我们原想问她郁金的父亲是何模样。骆兄去蓝宝石坊时，可顺便问问小凤凰是否提过黑狐祠里的女巫是个私生儿，并且她的父亲就在金华一带。你我且来商议一下明日该如何行事。首先，你得去蓝宝石坊跑一趟。其次，去县衙档房查找十八年前的旧案卷，正是宋一文专心查找的那些。再次……”

“这蓝宝石坊一行，非得拜托狄兄不可！家中妻儿在四进庭院中建起拜月坛，我已答应过要带贵客们去看上一回，此事定于明日早间。如果家母身体康健、无有不适，亦会前去。”

“那好，明日用过早膳后，我便动身去蓝宝石坊。还请骆兄写个引介便笺与那院主，然后让人送到我房里去，我一回来，便同你们一道去看拜月坛，过后你我再尽快赶去县衙档房中查找文书。至于这第三件，我自会设法料理，就是跑一趟黑狐祠，劝说郁金离开那个肮脏污秽之地。想来贵府中总有一处僻静的房舍，可让她暂住一阵?”狄公见骆县令点头，又徐徐说道，“要说服她离开那些狐狸和鬼怪情郎，定非轻而易举之事，但我希望能办得到。说到郁金，我须得告诉你，鲁禅师歇脚的敏悟寺离她那里很近，并且鲁禅师还有一套古怪说法，道是某些人与狐狸有着不解之缘。”说罢揪一揪髭须，“可惜我没问过郁金，她父亲体格健壮还是瘦弱。”

“岂有此理!”骆县令不耐烦地说道，“郁金明明告诉过你，从小凤凰口中得知，那人生得相貌周正!”

狄公赞许地点点头，心想骆县令虽然看似心不在焉，实则却听得十分仔细，“郁金确实说过此话，不过小凤凰作如是说，可能只是为了让那可怜的姑娘高兴一下。午膳过后，我便去破庙里寻她，如此一来，就有整整一下午的工夫可以小心周旋、徐徐图之，除非刺史有事相召。”

骆县令骇然叫道：“千万别召你去！小弟的感激之情实在无以言喻！仁兄已给了我一线生机！”

“可惜只是十分微薄的一线。再问一事，你打算几时去翠玉崖排下野宴？想来应在金华城外？”

“正是。那可是最有名的一处胜地，高出附近其他山峰，从西门出去，坐轿不过两刻钟便到，中秋佳节本来就该登高赏月才是！山上还有一座亭子，建在一片上百年的古松林旁边，仁兄见了定会中意！明日午后，家仆先去准备妥当，我等大约酉正时动身，上山之后，正可一睹夕阳西下的美景。”骆县令说罢，站起身来，“此时已过午夜，我亦是筋疲力尽，想来你我也该各自去歇息了。我还得去楼上流连片刻，瞧一瞧鲁禅师为我写下的卷子。”

狄公随之起身离座：“那书法真是绝妙，骆兄一看便知，然而观其字句，隐隐暗示出他已知晓小凤凰不在人世。”

十三

狄公早早醒来，推开门扇，身着睡袍立在檐廊上。此时晨气清新，假山笼罩在阴影里，竹叶上仍覆着薄薄一层露水。

后面的房舍内一无响动，似是人人都睡过了头，昨晚夜宴之后，众家仆定是收拾打扫到午夜后许久方歇。从前方衙院里却传来号令声，并有刀枪相击、锵锵作响，想是守卫们正在操练。

狄公悠悠然洗漱过后，换上一件宽大的深蓝丝袍，戴上一顶黑纱方帽，拍一拍手，吩咐睡眼惺忪的童仆沏一壶热茶，再送一碗米粥和咸菜来。不料小童端回一大碟吃食，有白米饭、什锦腌渍小菜、冷鸡肉、蟹黄煎蛋、卤豆腐、一竹盒带馅炸糕，还有一盘鲜果片，足见如此豪奢的早膳原是府内惯例。狄公命他将几案移至外面走廊的檐下，刚刚吃了两口，又有衙吏送来一封信函，正是骆县令所书：

仁兄台鉴：

管家已将舞姬尸身送至坊中，并嘱其同人暂且隐而勿泄，好自为之，直至明日县衙开堂料理此案。

并附书与院主的引介便笺一封，望乞明察。

愚弟骆贯中顿首

狄公将书信纳入袖中，命来人引路去县衙侧门，道是意欲早起散步。行至街角处，狄公雇了一乘小轿，吩咐轿夫直奔蓝宝石坊，一路望着早市上熙熙攘攘的人群，心中暗想不知骆县令如何能将小凤凰的死讯瞒过众多仆从，那管家精明世故，想必已妥善处置过。小轿在一扇简朴的黑漆大门前停下，四周皆是房舍，十分幽静。狄公正想询问可否走错了地方，却见门柱上镶着一面不甚起眼的黄铜小匾，镌有“蓝宝石坊”四字。

一个面色阴郁的看门人引着狄公进去，只见庭院中砖石铺地，甚是整洁，摆放着几株植在雕花汉白玉盆内的花木，朱漆双扇门内的粉白照壁上刻有“花间春长在”五个宝蓝大字，虽无落款，但是看去极似骆县令的笔迹。

又见一个大汉出来，宽肩麻脸，面带疑色，从狄公手里接过信去，一眼看见背后盖有县衙大印，连忙殷勤一揖，引路走上一条两旁有朱漆雕花栏杆的游廊，绕过一个花团锦簇的园子，来到前厅。狄公坐在光亮的檀木茶几旁，脚下是绵软的宝蓝绒毯，壁上悬着宝蓝织锦，墙边的紫檀几案上摆着一只白瓷香炉，里面正燃着龙涎香，冒出袅袅青烟。透过敞开的门扇，狄公只能看见花园对面的二层楼阁一角，露台的镀金槅扇后传来叮叮咚咚的琴瑟之声，定是歌伎们正在习艺。

一个身穿黑缎长裙的高大妇人走入，身后跟着一名侍女，举止端庄，手捧茶盘。那妇人将两手笼在长袖内，说了几句恭迎贵客的场面话，面色煞白，皮肉松弛，一双圆眼显得狡黠世故，狄公看在眼里，不觉生出几分嫌恶，插言问道："县衙府院的管家可曾来过?"

妇人命侍女将茶盘放在桌上、随即退下，用白皙的两手整整衣裙，说道："老爷明鉴，出了这等祸事，老妇人深感抱憾，但愿不曾惊扰了几位贵客。"

"骆县令告知他们说舞姬只是戳伤了脚。可否给我看看有关小凤凰的契约文书?"

"我就知道老爷想要看这些。"妇人说罢谄笑一下，从袖中取出一卷纸札呈上。

狄公一看便知这些只是平常记录。小凤凰原是一个菜贩子的幼女，三年前被卖至此处，只因家中已有四个姐姐，其父无力再置办妆奁嫁赀。她在坊内跟随名师学习歌舞，也些许识了些字，粗通读写。

"她在宾客中可有知交？或是在坊间姊妹行里。"狄公问道。

妇人恭恭敬敬为狄公斟了一杯茶水，徐徐答道："要说光顾敝坊的先生老爷，几乎人人都认得小凤凰。她舞技出众，因此常被召去在宴席上献艺。由于其貌不扬，只有几个上了年纪的客人曾对她格外垂怜，无疑是喜爱她那男童一般的身形体态，却被这小妮子一概回绝。想到凭她的舞艺已是进账颇多，我也就姑且忍耐一二，不曾强迫于她，随其自便了。"说罢眉头微蹙，白皙平滑的额头显出浅浅一丝皱纹，接着又道，"她生性恬静，从未逾矩受罚，学舞也十分卖力。但是别的姐妹都讨厌她，说她……身上有股怪味，定是个幻化成人形的狐狸精。老爷明鉴，要让这些年轻姑娘们规规矩矩不乱来，实在累煞人也……得有十分的耐性，还得善意体贴……"

"她可曾与什么敲诈勒索有涉？"

妇人连连摆手，朝狄公投去责怪的一瞥，大声说道："老爷说哪里话！我的姑娘们都知道，谁要是胆敢头一个犯了规矩的话，就得立时脱下衣服，捆在柱子上吃一顿鞭子！这可是个声誉积年的地方！她自然会收些赏钱，而且……似是很会积攒，通过……各种各样但完全合宜的手段。我看她很是听话，有时也允许她去探访那个古怪女子，就是黑狐祠里的女巫，只因这女巫会教给她一些好听的曲子，倒是很受客人青睐。”说到此处，撇一撇两片薄唇，“南门一带常有无赖闲汉出没，她定是在那里撞见了什么歹人，因此丢了性命，可见不该放这些姑娘独自出门。我要是想想为她学舞投下的本钱，还有……”

“说起黑狐祠的女巫，她以前可是从这里逃出去的？”

妇人再次朝狄公投去责怪的一瞥：“回老爷，自然不是！那女子原是被卖到东门附近一家小行院里，很是下九流的地方，只有无赖和苦力才去。一个……一个烟花窑子，倒是得蒙官府许可。”

“明白了。小凤凰可曾说过黑狐祠的女巫并非孤儿，她的父亲仍住在此地？”

“回老爷，从未说过。我也曾问过小凤凰，那女巫是否……接客，但她说自己是唯一前去黑狐祠之人。”

“道姑幽兰也为小凤凰之死深感痛惜。她二人是否有着异于常人的兴趣？”

妇人垂下眼帘，正色说道：“幽兰显然对小凤凰青涩娇羞的举止风韵深有好感，还有她的出众才艺。老爷明鉴，我对女子之间的情谊向来很是宽容。况且我还有幸在京师里就识得幽兰小姐，数年之前……”说罢耸耸肥厚的肩头。

狄公站起身来，跟随妇人出门时，又闲闲说道：“邵张二公与鲁禅师没能看到小凤凰献舞，颇为失望，想来他们以前定是看过她的舞蹈。”

“回老爷，此事想必没有！这两位名流有时会光临本地，但从未出席任何公开或私家宴会，这次竟然接受了骆县令的邀请，全城都在议论此事哩！不过骆县令可是个大好人，向来都是又和气又解人意的……老爷方才提到什么禅师?”

“这个无关紧要，再会了。”

狄公回到县衙，立时命衙吏去告知骆县令。只见骆县令正在二堂中，反剪两手立于窗前，转身颓然说道：“但愿狄兄睡了个好觉。我这一夜过得糟糕透顶！快四更天时，我才悄悄溜回上房，想着去那里过夜最好不过，因为拙荆总是早早歇息，不料她根本未睡，而且三房和四房夫人正站在床前吵得起劲哩！拙荆说非得由我来平息她二人的纠纷不可，最后我只得陪着四夫人，她跟我细述这场争执的来龙去脉，竟又聒噪了半个时辰方罢!”说罢抬手一指案上的官用信封，高声叫道：“这封书信是刺史专门派人送给狄兄的，若是果然相召，我立时便投河去!”

狄公撕开信封一看，却是一份简短的公函，刺史道是无须再次召见，命狄公尽快返回任所、不得延误。“并非如此，只是命我返回蒲阳，最迟明日一早就得动身。”

“老天保佑！至少我们还有整整一天的工夫。仁兄从院主那里打听到什么没有？”

“只是些对幽兰不利的消息。首先，她确实对小凤凰心生喜爱。其次，三位贵宾无一去过蓝宝石坊，院主也说他们以前不可能见过小凤凰。”狄公见骆县令愁眉苦脸地点头，便又问道，“你可知众宾午后有何打算？”

“申正时分，我等将在书斋里聚会，一同评议几首近日拙作，要知道我可是热望已久哩！”骆县令说罢，凄然摇一摇头。

“若是贵宾们午膳后出门的话，管家能否派几个得力手下去跟踪一二？”

“老天！狄兄是说跟踪他们？”骆县令略一思忖，无奈地耸耸肩头，“也罢，这前程多半是要毁了，我就再冒一回风险。”

“如此甚好。我还想请你传令下去，命主管南门的队正派两人手持兵械，守在正对荒地入口的货摊附近，须得盯紧城门口，但凡见到有人要去黑狐祠，一律拘捕，我不想那可怜的小女巫再遭遇不测，况且午后我亲自前去时，不定也用得着他们。贵宾此时正在作甚？”

“正在用早膳，幽兰与拙荆同在一处。我这便带狄兄去档房。”

骆县令一拍手，班头应声走入，于是当即命他亲自去南门跑一趟，吩咐城门队正应如何行事，并顺路转告高师爷去档房中待命。

骆县令引着狄公一路穿廊过户、七折八弯，终于来到一间轩敞凉爽的大屋内，一排高大书架靠墙而立，最上端直逼镶格天花板，架上满满堆放着红皮卷箱、账目和卷宗文档等物，打过蜡的皮箱和防虫的樟脑散发出一股芳香宜人之气，铺有红砖的地中央摆着一张硕大的板桌，一名老馆吏坐在一端整理文书，另一端却是鲁禅师正在埋头研读。

十四

鲁禅师身披一件褐色麻衣，用一枚生锈的铁扣针系在左肩处。两位县令上前问候，骆县令又为昨夜写下的卷子称谢不已。鲁禅师静听默坐，庄容受之，随后抬手轻敲面前的卷册，嘶声说道："贫僧顺路走来，读一读二百年前农民造反的史录。在南门处好一场屠戮，若是被杀之人全都站在当地的话，只怕你连城门也挤不出去哩！骆县令可否需要这些文书？"

"倒是不必。本县前来，只为找一份案卷。"

鲁禅师用硕大凸出的两眼直盯着骆县令。"当真？好吧，骆县令要是找不到，不妨封起这间屋子，然后在贵府狐仙祠里点起一炷香，过后再来时，便会发觉所需的案卷会从架上自行伸出头来。狐仙有时亦会助为官作宰者一臂之力。"说罢合上卷册，站起身来，"该是去看拜月坛的时候了？"

"我这就带师父过去！狄兄，望你过后也一道前来。啊，师爷已经到了！高方，快来帮忙在书堆里好生查找一番!”骆县令说罢朝外走去，为鲁禅师恭敬地开门引路。

“小人愿为老爷效力!”高师爷朗声说道。

“高先生，我听说在庚戌年里，此地有一桩杀人案悬而未了，想要找到案卷瞧上一瞧。”

“回老爷，庚戌年出了九皇子谋反一事，因此臭名昭著！不过要说杀人悬案，小人却未曾听说过，那边的老馆吏或许会知道，他在本地土生土长！老刘，你可记得庚戌年里出过什么杀人悬案?”

老吏手捻稀疏的山羊胡，思忖半晌:“回老爷，没有。对金华人而言，庚戌真乃凶年，出了莫德龄将军谋反一事，但不曾有过未决的悬案。”

“我曾读过有关莫将军一案的记录，他可是九皇子的同党?”狄公问道。

“正是，老爷。所有案卷都在右边第五架那只大红箱内，旁边的简装文档则是关于同年的其他案子。”

“高先生，我们且将所有物事都搬到桌上来。”

老吏取来梯子架上，将案卷逐一取下，高师爷从旁接过，再依序放在桌上。狄公眼看着卷册愈排愈长，心想此务甚是繁重，况且要找的不一定就是悬案，很可能定谳后记录在册，却是枉杀了无辜之人，原告实为真凶。

“高先生将这些案卷保存得极好，上面居然纤尘不染！”

“回老爷，每过一月，小人便让衙吏将所有卷宗都搬下来，”高师爷说着欣然一笑，“皮箱须要打蜡，文卷也要晾晒风干，亦可防止虫蛀。”

狄公心想这案卷如此干净整齐，反而于己不利，若是堆在架上、年久积尘，倒是更易看出宋一文新近动过的痕迹：“想来死者宋一文曾在这桌上读过案卷？”

“正是，老爷。宋一文研读的有关农民造反的文献，全都堆在那边底层。此人着实聪明好学，对地方政事广有兴趣。我来这里时，时常看见他还读些年代较近的文献，查考得很是精心，从不与我多说闲话。老爷请看，全在这里了。”

“有劳高先生。你亦是有务在身，不当在此久留。如有疑难，我自会问那馆吏。”

高师爷走后，狄公在桌旁坐定，展开第一卷，老吏也自去那边接着整理文书。狄公潜心阅读各种案录，有一两桩案子看似有趣，但并无冤判的迹象，姓宋之人只见过一个，且还是个没要紧的欺诈案被告。一名小吏送来热茶，狄公方才恍悟已是午初时分。听小吏道是骆县令与众宾仍在府内四进庭院中，可能会在彼处共进午膳。

狄公长叹一声，决意翻检一回有关莫德龄将军谋反的所有案卷。罪行确认之后，此人便与所有同党一道被砍了头，若是其中有人受诬告而冤死，也并非全无可能。

狄公开箱一看，不禁面露喜色。里面的文夹放得不甚齐整，次序也有错乱，既然其他文档全都整理得井井有序，可见自己找对了地方，宋一文显然看过这些案卷，一见有旁人过来，便又匆忙塞回箱内。狄公先将案卷仔细理好，按其编号在桌上排成一列。

第一卷是有关九皇子谋反一案的总述，文中措辞谨慎，暗示九皇子曾罹患心智失常之症，时而狂躁，时而抑郁，喜好猜忌，十分多疑，曾因一时狂怒而险些杀死一名臣子，于是圣上将他放黜到金华王府，寄望闲情山水能对他有所助益。不料九皇子心怀怨尤，沉浸于种种臆想出的过失与不公之中，身边一帮谄媚臣子又不断进言，使他相信自己才是当今最得人心的皇子，野心勃勃、专横跋扈的王妃也从旁撺掇怂恿，于是终于酝酿出一个异想天开的谋反篡位大计。他试图收买一些对朝廷不满的文武官员，愚蠢的图谋就此败露。圣上立即派遣一名钦差大臣赶赴金华，全权处置。此人带领御林军包围王府，传唤九皇子与王妃出来问话，并告知说圣上已尽知详情，只要他命令手下缴械投降并与王妃即刻返回长安的话，仍会网开一面。九皇子当场拔剑杀死王妃，随即自刎而亡。御林军进入王府，拘捕了里面所有男女，钦差也一并查封了全部文书信札。此事正发生在十八年前的二月初四。

钦差当天开始调查，所有与闻谋反的臣子与同党被立时就地正法，虽然圣上曾因九皇子心智失常而有意宽宥，其他同谋者却仍是罪无可逭。其后几日内血雨腥风，接连冒出许多不实指控——一桩牵涉极广的重案发生后，常会出现如此情形，因为不少心思恶毒之人想趁机除掉自己的仇家。钦差将这些匿名指控一一仔细核查，其中有一封匿名长信，告发致仕还家的莫德龄将军参与谋反，并点明他与九皇子的往来密信藏在莫府女眷内宅某处。钦差搜查莫将军的宅邸，果真在匿名信中所指的地方找出密信，当即以谋反罪拘捕了莫将军。但是莫将军对此矢口否认，坚称密信是由他的夙敌伪造而成，并偷偷置于宅内，专为栽赃陷害。钦差得知莫将军因为错失升迁而提早辞去军职，返回金华原籍，心中却一直郁郁难平，以前的同伍证实说他曾时常提及不久或有巨变发生，此乃怀才不遇之人得以施展抱负的良机。钦差又仔细研读过密信，认为全然属实、并非伪造，于是判定莫将军犯下谋反罪，依照刑律，莫将军与已成年的二子一同被斩首，全部家产亦被籍没。

狄公读至此处，朝后靠坐在椅背上。看去真是惊心动魄，而且身在其境读此史录，别有一种陈旧案卷里所缺乏的真切感受。狄公找出莫府家眷人丁和充公财产的记录清单，忽然倒吸一口凉气。莫将军有三房夫人、两房侍妾，第二房侍妾正是姓宋。她在钦差抵达金华的前一天，即二月初三晚上悬梁自尽，因此并未受审，也不见其他详情记载。她为莫将军生育一子，名叫一文，当时仅有五岁。事事都对上了榫，真是踏破铁鞋无觅处，费尽工夫终得来！狄公背靠座椅，禁不住微微一笑。

然而过不多久，狄公忽又面上一凛。宋一文此番前来为父雪冤，即是说他已发现能证明莫将军清白无辜的证据，并怀疑写匿名信之人栽赃陷害，将其视为杀父仇人，而这个不知名姓者又下手谋害了宋一文，这一事实分明可证宋一文的想法确是不虚。老天！十八年前竟有过如此骇人的冤案！

狄公翻出有关审案过程的记录，轻捻颊须，细细研读。只有一点对莫将军有利，即其他同党并无一人知晓九皇子亦拉拢了莫将军共谋。然而钦差认为这种说法不足为凭，九皇子极其多疑，因此不信任其他同党。其断案依据仍是从莫府搜出的密信，此信用的是九皇子专用信笺，确是其亲笔所书，且还盖有私印。

狄公摇一摇头，又拿起那封匿名信来。此乃一份抄件，由吏员所录，字体并无多少特色，所有原件都已被送往京师。然而观其文字，着实无懈可击，定是出自一位文章高手。在空白处录有当日钦差批注：“此信或由一心怀怨愤之臣子所书，即刻查验内容并笔迹。”读罢后文，狄公方知钦差的手下虽然十分卖力，还是没能找到写信之人，官府亦发出告示，许下大笔赏金，但始终无人前来领取。

狄公缓捋长髯，凝神思量。九皇子的密信上盖有他随身携带的私章，想要伪造绝无可能。况且那钦差正直干练、素有威名，又长于查勘鞫劾，曾经裁断过不少涉及高官贵爵的案件。狄公记得身为朝廷尚书左丞的父亲在世时，也曾提及那些案子，并十分称许钦差的睿智机敏。既然他裁定莫将军有罪，定是有着十足的把握。

狄公起身离座，在地上来回踱步。宋一文究竟发现了何物？案发时他年仅五岁，所以只能是道听途说，或是纸上证据。如今又该如何追查这新出的证物？其人已然被害身亡，藏在其住处的文书也被凶手盗走。看来须得首先查明宋一文的母家。

狄公召来老吏，问道：“这一带是否有不少姓宋的人家？”

老吏连连点头：“回老爷，相当之多，有贫有富，有些互为姻亲，有些则不是。古时候这里曾被称为宋郡，因此可想而知。”

“拿庚戌年的税册来与我瞧瞧，关于税额部分，只找那姓宋的人家。”

老吏将分类账目送至桌上，狄公细看那些最为穷苦的宋姓人家。既然宋一文之母只是个二房侍妾，其父想必是个佃农、小店主或工匠之类。册中只有五六家，其中第三人名叫宋文达，经营一爿菜铺，家中一妻二女，长女嫁给一个姓黄的陶器店店主，幼女卖到莫将军府内，作了第二房侍妾。狄公指着此项，说道：“烦劳查找一下今年的人口登记簿，看看宋文达可还在世。”

老吏走到旁边的架上，抱了满满一怀卷册回来，展开几卷，细看密密麻麻的条目，口中喃喃念道：“宋文达……宋文达……”到底摇头说道：“回老爷，这一户人家已没了记录，想来他夫妻两个定是身后无有子嗣。老爷可想知道他们是几时亡故的？”

“这倒不必。再给我陶器店主行会的名录看看。”狄公说罢，站起身来。此乃最后一线希望。

老吏打开一只注有“小型行会”字样的大箱，取出一本簿册呈上，然后自去拾掇人口登记簿。狄公迅速翻阅一下，果然见有一姓黄的陶器铺掌柜，娶妻宋氏，名字旁

档房中狄公查案录

边还标有一个小圆圈，表明他拖欠会费未缴，家住在东门附近的一条小巷中。狄公记下宅址，微微一笑，将簿册撂在桌上。

狄公又埋头细看有关莫府家眷的记录，得知莫将军被处决后，立时家亡人散，宋一文被京城里的远房舅父收养。狄公抽出告发莫将军的匿名信抄件，将其纳入袖中，随后谢过老吏，命他将所有文书收归原处，一路行至府中。

在四进庭院附近，迎面传来孩童的笑闹声。只见二十来个小儿小女正围着拜月坛嬉闹玩耍，个个穿红着绿，景象十分悦目。拜月坛建在庭院正中，足有一人多高，供着一尊银白色长耳月兔像，用生面团捏成，立在一堆豆馅月饼之上，下方摆着许多盘碟，里面盛有鲜果蜜饯，四角处还设有红烛与铜香炉，天黑之后即可点亮。

狄公穿过庭院，走到宽阔的云石平台上。此处已有不少人，只见张岚波与鲁禅师立于石栏边，骆县令、邵繁文与幽兰站在稍后方，旁边的低台上摆着一张乌木雕花大圈椅，一位孱弱的老夫人坐在其中，身着玄色衣裙，一头白发从前额直朝后梳，枯皱的手中握着一柄乌木拐杖，杖头镶有碧玉。一位中年妇人端立于圈椅后方，身材颀长，容貌俊俏，穿一件合体的绣花绿丝裙，显见得正是骆家大夫人。另有十来个女子在后方大厅的暗影里逡巡走动，应是几位侧室及其各自侍女。

狄公略过这一干人等，径直走到老夫人面前，躬身一揖。老夫人连忙上下打量几眼，骆县令俯身下去，恭敬地低声说道："母亲大人，这位就是蒲阳的狄县令。"

老夫人点点头，客气恭迎几句，语声虽轻，却十分清晰。狄公询问她高寿几何，得知乃是七十有二。

"老身有十七个孙子孙女哩，狄县令。"老夫人不无得意地说道。

"仁德之宅方能多子多福!"邵繁文大声赞道。老夫人听罢面露笑容，频频点头。狄公上前问候邵繁文，又向张岚波和鲁禅师致意，最后又询问幽兰可否无恙。幽兰道是多亏骆夫人悉心关照，此时已觉精神大好，不过面色看去仍是苍白憔悴。

狄公将骆县令拽到一旁，低声说道："宋一文原来是莫德龄将军的儿子，其母是一房宋姓侍妾。他前来此地，为的是要证明其父被人诬告，正如他对郁金所言。他来时并未隐姓埋名，因为离开金华时仅有五岁，且在本地只有一个姨母。骆兄姑且振作一二！即使果真查明幽兰杀了小凤凰，你亦可同时上报查出莫将军谋反一案原系误判，仍是大有希望脱此危局!"

“老天有眼！狄兄，这真是意外之喜！即刻便有露天茶会，待你我就座后，再听你详述一番。”骆县令说罢，指向平台后方的敞廊。只见廊柱之间已摆好桌案，上面满满堆放着盛有冷点心的盘碟，还有特意摞成尖塔状的月饼。

“我这便去城里走一趟，然后再去黑狐祠。你们将在申正时聚会评诗，我自会设法赶在之前回来。”

二人商议过后，老夫人暗示想要回房歇息，邵繁文等宾客长揖道别，骆县令夫妇陪同老夫人转回内宅。狄公对邵繁文道是蒲阳手下送来紧急文书，因此不得不缺席露天茶会。

“公务在先，消遣在后，狄县令只管去吧！”

十五

狄公先回到住处，这一趟走访须得小心准备一番。凡是犯下谋反罪之人的亲属，无论多么远房，向来都对官府怕得要命，即使许多年后，他们也可能由于新近发现的证据而被牵连进危境中去。狄公从书箱里取出一张大红信笺，写下“宋良”二字，右边添上“代理经纪”，又随意杜撰了一个广州宅址添在左边，然后换过一件简素的蓝布长袍，戴上一顶黑方帽，走出县衙侧门。

狄公在街角处雇了一乘小轿，吩咐轿夫前去黄掌柜的陶器铺，不料轿夫推说路途甚远，且又是穷街陋巷，地面坑洼难行。狄公二话不说便应许了轿金，并预付一笔丰厚的赏钱，那二人方才喜孜孜抬腿上路。

街中店铺看去生意兴隆，狄公想起黄掌柜拖欠会费未缴，可见定是穷得没法，于是命轿夫停下，取出一两银子，选了一匹上好的蓝布，又在隔壁买了两只熏鸭、一盒月饼，过后接着行路。

集市前方有一片宅院，狄公认出正是茶商孟掌柜居住的里坊，再往前去，便走入一片穷街陋巷，道路狭窄，浊臭逼人，鹅卵石铺成的路面坑洼不平，衣不蔽体的孩童在垃圾秽物中嬉闹玩耍，小轿经过时，全都瞪着眼定定看觑，想必在此处难得一见。狄公不想太过引人注目，便吩咐轿夫停在一家小茶馆门口，命一人守着轿子等在原地，另一人帮忙携着布匹熏鸭，一路步行前去。二人走入一片七拐八弯、壅塞不堪的胡同，须得说本地话方可问路，狄公不由暗自庆幸带了轿夫同行。

黄记店铺实为露天货摊，背靠一间土坯棚屋，从棚屋顶上扯出一块打了补丁的油布篷，权作遮阳之用，一张板桌上堆放着碗碟等物，竹竿扎成的架上挂有一排粗糙的陶壶。只见一名大汉立在这简陋的临时货摊后，肩宽背阔，衣衫褴褛，正用线绳费力地串起十几枚铜板。狄公将大红名帖放在柜台上，那大汉摇一摇头，阴沉说道:“我只认得一个‘宋’字，客官有何贵干?”

“这名帖上写着我名叫宋良，从广州来替人做生意。我原是掌柜太太的远房亲戚，预备前往京师，路过此地，特来拜会。”

黄掌柜黝黑的面上绽出笑容，转身叫道:“浑家，总算还有亲戚惦记着你哩！这是从广州来的堂兄弟宋良。还请里面坐，定是远道而来吧!”

一个妇人坐在靠墙的长凳上，正埋头做针线活，此时连忙起身。狄公命轿夫送上礼物，然后嘱他在街对面稍候一时。

黄掌柜引着狄公走入一间小屋，看去既是卧房、又是灶间，随即抓起抹布揩擦油腻的桌面。狄公在一张竹凳上坐定，对妇人说道："三叔从京师写信给我，道是伯父伯母已双双辞世，不过还给了姐姐的住址。我正好路过此地，想着顺便前来拜望一下，适逢中秋佳节，特意买了几样薄礼奉上。"

妇人打开包裹，看见布匹，两眼立时睁得老大。只见她四十上下年纪，容貌端庄，却甚是瘦削憔悴，面上刻有深深的皱纹。黄掌柜也吃了一惊，大声叫道："兄弟太破费了！老天爷，瞧这上好的布料！我可怎么还得起如此贵重的……"

"好说好说！只要让我这孤单行客与亲人一道吃顿中秋团圆饭就行，我还带了一点吃食前来。"狄公说罢，打开竹篮的盖子，连同月饼一起递上。

黄掌柜朝篮内一瞧。"两只整鸭！浑家，快去仔细切了，再从店里拿些簇新的碗碟杯盘来！为了中秋节，我倒是早早备下一小壶酒，但做梦也没想到还能就着肉吃哩！况且还是如此上好的熏鸭！"说罢为狄公斟满一杯茶，殷勤询问在广州有何家眷人口，做何营生，一路上可否顺利。

狄公一一妥善答对，又道是今日午后必得启程上路：“我们且吃这一只熏鸭就好，另一只留到晚上再受用不迟。”

黄掌柜摆一摆手，郑重说道：“今晚之前，保不定就会出什么天灾人祸，我们这就吃个精光！”又转头对妇人说道：“浑家，我对天发誓，从今往后，再不说你娘家一句坏话！”

妇人已从旁倾听半日，饱经忧患的面上显出笑容，此时怯怯看了狄公一眼，说道：“兄弟，自从出了那场大祸，谁都不敢来看望我们了。”

“莫将军一案也曾传到岭南。二姐在事发前自尽身亡，实为惨事一桩，不过，若是放宽眼界、为我宋氏全族着想的话，结果反倒最好不过，使得我们免遭牵连。”狄公见夫妻二人连连点头，又问道，“不知一文后来怎样了？”

黄掌柜哼了一声：“一文？只听说几年前已成了读书人，心高气傲的，哪里还会记得他这个姨妈！”

“姐姐，不知二姐为何要自尽？难道是莫家虐待她不成？”

“没有这事。”妇人徐徐说道，“莫家待她甚好，尤其是她生下一文之后。那孩子体格健壮，模样也很清俊。奈何你二姐她……”

“她就是个该死的……”黄掌柜刚一开口，妇人立时喝道：“休得混说！”又转头对狄公说道：“她实在也是自己没法子，说来可能全是我爹的过错……”说罢叹息一声，执壶斟酒：“想当年，我妹子性情文静，十分听话，很是喜爱飞禽走兽。十五岁时，她拣了一只狐狸崽子抱回家，我爹一看，竟是一只黑毛雌狐狸，吓得要命，立时就给宰了。从那以后，她就时常犯病，和以前完全两样。”

黄掌柜瞥了狄公一眼，面色颇显不安：“那淫荡的狐狸精附了她的身。”

妇人点点头，“我爹请来一个道士，念了很多经咒，仍是没能驱走那狐狸精。她长到十六岁，但凡遇见年轻后生，便要冲人家眉来眼去，模样又生得俊俏，我娘只得从早到晚紧盯着她。有个老婆子常在大户人家兜卖头梳花粉，说是莫府的大太太想为老爷纳一房小妾，我爹听了十分欢喜。我妹子被带去莫府，大太太见过也点头同意，两家算是说定。从此事事顺遂，虽然她得在府里出力干活，但是每到逢年过节，大太太都会赏她一件新衣裳。自从她生下一文后，便再也没有挨过打。”

“这小淫妇，非得自己做下丑事、毁了终生！”黄掌柜低声咕哝一句，举杯一口喝干。

妇人将一绺灰白的散发从额前撩开：“有一日，我在集市中遇见大太太的丫鬟，夸赞我好不走运，有个惦记娘家的妹子，还说她每隔六七天便定要去看望父母一回。我一听便知不妙，因为她已有半年多没回过娘家，后来倒是回来了，不过怀着身孕，自然不是莫将军的。我带她去找稳婆，那稳婆给她服了许多汤药，但是并没用处。她生下一个女婴，对莫将军说是小产，叫人将孩子丢在街上。”

“她就是如此！一个狠心无情的狐狸精！”黄掌柜怒道。

“她也是没奈何，自己也于心不忍！”妇人反驳道，“她拿了一块上好的天竺毛毡，把孩子裹得严严实实，免得着凉。就是那种贵重的橙黄衣料，庙里的和尚常常用来……”眼见狄公面露惊异之色，连忙又道，“真是对不住兄弟，这本就不是什么说来高兴的事！过去了恁多年，可我还是……”禁不住潸然泪下。

黄掌柜拍拍妇人的肩头。“罢了罢了，大过节的淌眼抹泪做什么！”又对狄公说道，“我们自己无儿无女，每次提起这事，都会惹得她哭哭啼啼！长话短说，莫将军到底还是听到了风声。莫府的一个轿夫告诉我们说，老军爷叫嚷着要把她和那奸夫一同拉到厅堂里，再亲手拔剑砍下两颗人头！于是她便悬梁自尽，莫将军还没来得及砍下奸夫的人头，第二天却被皇上的御林军捉去，自己掉了脑袋！世事无常，真是说不得！来来，再干一杯。浑家，你也喝上一盅！”

“那奸夫是何人？”狄公问道。

“这个她从未吐露过。”妇人说着揩揩两眼，“只说是个极有学问的上等人物，在府里常来常往。”

黄掌柜满脸通红，大声说道：“幸亏我挑对了老婆！我这浑家很是吃苦耐劳，整天替人做些针线活，我们才得以勉强过活！不过跟你说一句，她却一点不懂得男人的事体，想让我不要再给行会缴钱！我说那可不成，把冬衣拿去卖掉好了！一条汉子若是没个归属，比一条野狗也强不了多少！可见还是我说得有理，如今有了兄弟送的布料，我们可以一连好几年都穿得暖和体面。我穿戴齐整坐在店里，对生意也大有好处哩！”

狄公吃过饭后，对妇人说道：“姐姐，明早你拿我这名帖，去县太爷府的后门，我与那管家有过生意往来，他自会找些针线活计给你做做。”说罢站起身来。

黄掌柜夫妻还要强留，狄公却说必须赶乘渡船过河。

轿夫引路行至茶馆门前，狄公坐轿返回，一路思绪纷乱，在街角处打发了轿夫，步行回衙。看门人引路从侧门进去，并告知说骆县令正在中庭内的前厅，足见书斋里的诗会尚未开始。

狄公快步走入自己的馆舍，从抽斗内取出有关幽兰的案卷，站在桌前迅速翻阅，终于找到那封告发白鹭观树下埋尸的匿名信，又从袖中抽出控告莫德龄将军的匿名信，将其并列一处，缓捋长髯，细细比较。两信皆是抄件，都是千篇一律的文员笔迹，因此只能从行文风格来推断是否出自一人。狄公疑惑地摇一摇头，将两封信一同纳入袖中，直朝中庭走去。

茶几上散放着许多字纸，骆县令坐在一旁，手握笔杆，皱眉撇嘴，抬头看见狄公，欣然说道："狄兄，我正在挑选修订近作。据你想来，邵公可否赞成这一首里的回转用韵？"正欲开口诵读，不料狄公说道："骆兄，以后再听不迟！我又发现了一桩奇事，正想告知与你。"说罢在骆县令对面坐下："此时已近申正，想必你即刻便得去书斋，我就简短道来。"

"仁兄大可不必，有的是工夫哩！四进庭院中的午膳费时颇久，张公和幽兰作了几首诗，众人评议一番，又喝下不少酒水！过后四位宾客径去各自房中歇息，如今尚无一人现身。"

"如此甚好！既然他们都不曾出门，你也就无须派遣管家的手下去费神盯梢了。且听我说，宋一文之母乃是莫德龄将军的一房侍妾，后来与一个不知名姓的人物通奸，生下一个女儿，随即遗弃街中。这私生女非是别个，正是黑狐祠的女巫郁金。”狄公见骆县令面露惊诧之色，摆手又道，“那被遗弃的女婴身上裹有一块郁金色毛毡，世人常会依据穿的衣服给弃儿起名。这就是说郁金是宋一文同母异父的妹妹，宋一文说过决不会与郁金成亲，原因正在于此。还有，郁金的父亲正是杀死宋一文的凶手。莫将军在被拘的前一天，曾说过已查明侍妾与自己的一个好友勾搭成奸，并扬言要亲手砍下二人的脑袋。宋一文的母亲旋即自缢，莫将军还没来得及收拾那奸夫，次日便被钦差拿下。”

“我的天！仁兄从何处得知这许多隐情?”

“大多是从贵县档房中。宋一文显然认定其母的奸夫写了匿名信诬告莫将军，以此阻止莫将军告发这一段奸情。至于第一点，宋一文却是想错了。我已通读过官府案录，确知莫将军曾参与谋反，那侍妾的奸夫定也深涉其中。至于第二点，宋一文则完全正确，那人之所以写匿名信，皆因明知钦差过些日子才会着手调查莫将军，而他务必要使得莫将军在查案伊始便被拘捕，从而来不及对自己下手。”

骆县令举手示意:“狄兄别说得恁快！若是莫将军果然参与谋反，那告发者岂不是立一大功，很值得嘉奖一番，为何又要杀死宋一文?”

“他定是地位显赫，因此绝不能让奸情败露。在莫将军的谋划中，他显然涉入颇深，不然不可能连九皇子的密信藏在何处都知道得一清二楚。正是因此，尽管官府许下赏金，他也从不曾前去认领。”

“老天！这人究竟是谁?”

“恐怕必是府内三位贵客之一。骆兄少安毋躁！我有铁证可以证明定是他们三人中的一位，郁金自会告诉我们答案，尽管其父前去探望她时蒙着脸面，我相信她也能通过声音与外形认出此人来。”

“狄兄不会当真怀疑鲁禅师吧！哪个女子会看中如此丑陋的男人?”

“这话我可不敢说定。宋一文的母亲神志失常，其娘家人将此归结为她被一条淫荡的黑狐狸精附了身。无论如何，一个异于常人又心中失意的女子——她进莫府时还不满十七岁，而莫将军已是年近花甲——会被鲁禅师奇丑的相貌所吸引也未可知，况且他生性强横，很容易令女子倾心。骆兄不妨在诗会上试探一二，看看莫将军案发时，张公与鲁禅师是否也在金华，我们已知邵公正是当地刺史。能否叫管家进来一下?”

骆县令拍拍手，一个童仆领命而去。狄公接着又道：“还请骆兄查明一事。今年春天，幽兰在白鹭观被拘时，他们三位是否有人也正在那一带。”

“狄兄为何想知道此节?”骆县令惊问道。

“因为在幽兰一案中，官府也是先收到一封匿名告发信，然后才派人勘查，而且此信同样出于文章高手。切记罪犯总是喜欢重复使用同样的手段。在莫将军一案里，虽然控告属实，但那人在控告时别有用心、另有所图，即阻止莫将军告发他的奸情。十八年后，这文章高手可能又一次利用匿名信来告发幽兰笞死侍婢，而且又是别有用心。因此……”

此时管家走入，狄公煞住话头，拿过骆县令的纸笔，迅速写下黄掌柜的名姓、住址与“宋良”二字，然后交与管家，说道：“明日一早，黄太太会拿着宋良的名帖到府院后门来，骆县令让你务必给她找些针线活计做做，再留她略略攀谈一二刻，我们可能也想要见她。去叫高师爷来。”

管家躬身一揖，随即退下。骆县令焦躁地问道：“仁兄说的宋良又是何人?”

“正是在下。”狄公说罢，向骆县令简述一番去黄家的前后情形，又道，“这一对夫妻为人正派，且又无儿无女。我这里有个主意，正想与你商议，等郁金完全康复后，就托付给他们照料，此刻我便与高师爷一道去接那可怜的姑娘。”又从袖中取出两封匿名信，递给骆县令，“这是两封匿名信的抄件，骆兄擅长辨析文风文辞之间的细微差别，还请仔细看看，并判定这两封信是否出于同一人之手。赶紧收进袖内，高师爷就要进门了！”

高师爷躬身一揖，骆县令命道：“高方，你陪狄县令去南门附近的黑狐祠走一趟，本县打算平整那片荒地，须得先将黑狐祠里那个半痴半傻的女巫请出去。”

狄公说道：“高先生，你我一同坐官轿去。府内的大夫与女眷总管另坐一乘小轿，跟在后面。听说那女子病得很重。”

高师爷拱手再揖：“小人即刻便去。”又对骆县令说道：“启禀老爷，邵公的童仆正在外面，传话说此时可以会客。”

“老天！我的诗！”骆县令出声叫道。

狄公助骆县令将散放在几案上的笺纸收拢整好，又陪他前去二进庭院，然后独自一人行至县衙。

官轿已在门楼处备好，高师爷正在等候，对狄公说道：“启禀老爷，大夫和女眷总管都已在那顶小轿里。”

二人坐入轿中，正出门时，高师爷又道：“那荒地可以改作一片园林，以供百姓游赏。城内有一块无赖闲汉聚集出没之地，显然并非合宜之举，不知老爷意下如何？”

“确是如此。”

“老爷今早在县衙档房里查询案录，希望已如愿找到。”

“确已找到。”

高师爷觉察出狄公似是无心闲谈，便不再言语，待官轿经过寺庙街时，又开口说道：“昨日一早，小人来这街尾的敏悟寺，请鲁禅师前去骆县令府内，着实费了不少口舌。唯独在我说过狄老爷也将出席之后，禅师才改了主意，答应赴宴。”

狄公直坐起来：“鲁禅师可曾说过为何如此？”

“禅师提到狄老爷在勘案折狱上颇富盛名，若是小人没记错的话，还说过什么有关狐狸的有趣尝试。”

“明白了。你可知道他到底所言何意？”

“回老爷，这个不甚了了。鲁禅师生性古怪，似乎还特意强调前一天晚上才到此地，但是……啊呀，轿子为何停了？”高师爷口中说着，伸头朝外张望。

轿夫长走到窗前，对高师爷说道：“前面有一群人挡住去路，还请稍候片刻，小人这就去叫他们让开。”

一片混乱嘈杂的叫嚷声传来。轿子重又起动，随即再度停下。看守城门的队正走到轿窗前行礼，对高师爷禀道:“真对不住老爷，最好还是别往前去。那破庙里的女巫得了狂犬症，已是……”

狄公急忙掀开轿帘，走到外面。六名守卫已架起长矛封住大路，让一小群好事的百姓不得靠近。再朝前方看去，只见郁金仰面躺在路边，四肢伸展，一动不动，裹着一身肮脏褴褛的衣衫，着实惨不忍睹，被一柄丈把长的叉子穿过喉头钉在地上。稍远处的大路当中，另有兵士正架起火堆。

“老爷最好别近前去。”队正冲狄公说道，“为了确保无虞，我等很快便会焚化尸体，还不大懂得这病是如何过人的。”

高师爷也走上前来，厉声问道:“出了何事？那女子果真死了？”

“回老爷，千真万确。就在两刻钟前，小人的手下在货摊那边听见一阵狂叫，从灌木丛里传出，还有古怪的吠声，以为是野狗咬人，便跑回值房禀报，然后我等手持长叉前去查看。刚要走进旧牌楼时，就看见那女巫高声叫喊着跑出林子，面目扭曲，口吐白沫，直冲这边奔来。幸亏一个手下用长叉刺中其喉头，于是她仰面倒地，两手还抓着杆柄拼命乱动，另一人只得上去用力再扎，终于见她松开两手，就此断气。”队正说罢，将铁盔朝后一推，揩揩汗湿的前额，“我们县令老爷真是了不得！定是早就料到会出这等事，命我派人把守在货摊旁，并紧盯住城门，故此我们才能及时赶到，免得那女巫伤了路人。”

“县令老爷真是深谋远虑!”一名兵士咧嘴笑道。

狄公见大夫已从另一乘小轿上走下，便示意他前来，简短说道:“那死去的女子患有狂犬症，你可赞成应将尸体焚化?”

“回老爷，当然赞成。还有那柄降住她的长叉，连同她栖身过的灌木丛，最好也一并烧去。这病实在凶险得很。”

狄公对高师爷吩咐道:“你就留在此处，将诸事办理妥当。我先回县衙去。”

十六

三顶官轿停在院内，一群侍女正围在四周团团忙碌，或是给软垫罩上锦套，或是搬运茶篮果盒等物，欢声笑语响成一片，然而在狄公听来，却似格外刺耳，又见管家正与班头闲话，便走上前去。另有二十四名轿夫一字排开蹲在墙边，一式褐色外褂，腰系大红丝绦，穿戴甚是齐整。管家告知狄公说书斋内的诗会已然结束，骆县令与众宾自去回房更衣。

狄公返回自己的馆舍，将圈椅挪到敞开的门扇前，倦然坐下，左手抱肘，右手握拳支颐，郁郁凝望园内假山。此时日光斜照，一片静寂萧瑟。

空中传来一声长鸣，狄公抬头望去，只见一队鸿雁从碧天上振翅飞过，正是秋节将至的征兆。

狄公终于起身回房，颓然换上昨日穿过的绛紫长袍，正欲戴上黑方帽时，听到前院传来铁靴的锵锵声，定是负责押解人犯的官差已到，可知众人即刻便要出行。

穿过中庭时，狄公遇见鲁禅师。只见他穿一件褪了色的蓝布袍，阔腰上系根草绳，赤脚登一双麻鞋，手持一根曲杖，杖头还悬有一包衣物。二人顺阶而上，行至大厅前，骆县令、邵繁文与张岚波已立在那边，人人身着锦袍，辉煌耀眼。

鲁禅师率然说道：“还请各位不必替贫僧的衣着担心！待我去了翠玉崖的庙中，定会自行更换，这包袱里便是最体面的僧袍。”

“禅师无论穿戴什么都是自有威仪，令人过目不忘!”邵繁文蔼然说道，“张兄，我与你同坐一乘轿子，正好细论一番有关韵文的不同见解。”

“各位上路吧！贫僧徒步走去便是。”鲁禅师说道。

“师父万万不可!”骆县令连忙说道，“山路甚是陡峭，且又……”

“那条路我十分熟悉，更陡峭的我也爬过哩。贫僧很中意山间景致，况且活动活动腿脚，也甚觉舒畅。只是前来告知一声，就不必费心替我预备车轿了。”鲁禅师说罢，将手杖搭在肩头，大步离去。

“狄兄，既然如此，你我便同坐一轿。拙荆的贴身侍女陪幽兰同坐第三乘，以便照料于她。”骆县令说罢，转身对邵繁文又道，“我这就送邵公去头顶官轿如何?”

骆县令与邵张二位一道降阶而下，两旁有三十名兵士执戟待命。骆县令与狄公正要走入第二顶官轿时，却见幽兰走上平台，身穿一件薄薄的白丝长裙，外罩蓝底银花的长袖锦衣，行走处身姿婀娜、裙袂飘飘，一头乌发精心盘成一个高髻，用细长的银发簪别住，簪头摇曳着镶有蓝宝石的金丝坠饰。另有一名年长侍女跟在后面，身穿朴素的蓝布长袍。

骆县令在软垫上舒服坐定后，愠怒说道："仁兄看见那些衣裙簪钗了没？都是幽兰问拙荆借来的！诗会倒没花费太多工夫，邵张二位看似不太情愿对拙作坦率置评，鲁禅师更是一脸厌倦之色，甚至丝毫不加掩饰，着实令人不快！须得说幽兰倒是发了些十分中肯的议论，这老姑娘对文词的感悟果然甚佳。"说罢朝上轻捻须尖："对了，我倒是轻而易举就打听出莫将军案发时他们身在何处。刚一提及此事，邵公便立时发了一通宏论，当年钦差曾召他共议本地情势。张公当时也在此地，由于佃农怨怒不满，故而专程回乡了此纷争，要知道本地几乎一半的良田耕地都归他家所有。张公也曾去县衙听审，道是为了冷眼旁观堂上对峙辩驳时一出出惊心动魄的好戏，至少他本人作如是说。鲁禅师恰好也在此地的一座古寺里讲经说法。还没来得及问他们是否两个月前也在湖湘一带，即幽兰被拘之时。不知仁兄将那黑狐祠的小女巫安置在何处了？"

“骆兄，她已一命归阴，说是狂犬症发作，定是被狐狸染上的。她和那些畜牲厮混已久，狐狸有时还舔她的脸，因此……”

“老天！这真是糟糕！”

“确实糟糕透顶，如此一来，我们便没人可以……”只听一阵铜锣敲响，狄公住口不语。

三顶官轿已从府院进入县衙，如今行至正门口。走在前面的十二名衙役停住脚步，四人敲着铜锣，其他人举起刻有金字的大红执事牌，上书“金华县衙”或是“开道”，还有印着同样大字的灯笼，以备晚间回城时用来照亮。

箍有铁皮的厚重大门被推开，官轿人马逶迤行至街中。衙役在先，接着是三顶官轿，由十名兵士护卫左右，另有十名兵士殿后，皆是全副武装。穿红着绿的行人急忙闪避两旁，让出道来，还有人不停叫喊“县令老爷福寿绵长”。狄公听罢颇觉欣慰，益证骆县令在此地甚得民心。

离开店铺众多的大街后，四周清静许多。狄公方才接着说道：“我原本指望郁金会认出真凶，她这一死，真不啻为晴天霹雳，因为你我眼下并无丝毫证据。但我确信定是三位宾客之一，他既是郁金的父亲，也是杀害了郁金的同母异父哥哥宋一文的凶手——正如我见过郁金的姨母之后对你所言。如今我可以再说一句，此人还杀死了小凤凰。”

“老天！那就是说我……”

狄公举手示意：“可惜这一发现帮不到你太多，除非我们能证实凶手究竟是谁。我且来总述一回：且以昨日小凤凰被杀作为起点，然后再说前天的宋一文之案，另有作为背景的十八年前莫将军谋反案，最后便是白鹭观侍女被害案。依此次序通盘考虑，方是正途。

“先说小凤凰一案。关键要点便是小凤凰在荒地里遇见了郁金的父亲，此人当时看望过女儿，正在回城途中。这一偶遇当时对小凤凰并无意味，因为以前从未谋面。昨日午后，小凤凰想先来看看晚上即将献舞的大厅，心仪于她的幽兰便带她前去府上。她告诉幽兰准备跳《紫云凤凰》，当是自认为最拿手的曲子，之后又见到三位贵宾。骆兄且请留意，正是这短暂的会面，使得她突然改了主意，放弃一向出彩的熟练曲目，转而选择《黑狐曲》——不但以前从未在众人面前演过，甚至连一份像样的曲谱都没有！”

“老天！小凤凰认出了在荒地里遇见的那人！”

“一点不错！小凤凰认出了那人，但是那人并未认出小凤凰，既然如此，非得设法让他想起来不可！黑狐舞自会提醒他！献舞过后，舞姬依例将与每位宾客稍事寒暄，并敬酒致意，小凤凰会对那人说认得他就是郁金的父亲，再趁机加以要挟。小凤凰潜心习舞、颇有抱负，我猜想若是邵张二位，她会要求被举荐到京师的上等歌舞教坊里去，可能再加上一笔数目可观的每月进项。若是鲁禅师，或是要求他做自己的恩主，或是认他作义父，在歌舞生涯中充分借重他的名声。如此这般直截了当地敲诈勒索。”

狄公手捋长髯，叹息一声，又道：“她虽说聪明伶俐，却低估了对手。那人一旦认出她来，便谋划着要将她除去。你当众宣布小凤凰要跳《黑狐曲》，这显然就是警告说她已认出了在荒地里遇见的那人，并且要动真格的，使得那人愈发打定主意，一旦遇有时机，便要杀人灭口。放焰火正巧提供了机会，而且那人确实利用到了，恰是我昨晚对你说过的方式。所有这些都是靠推想得来，但我确信我有无可辩驳的证据，敢说凶手定是贵宾中的一位。”

“得知幽兰并未杀人，令我心中甚慰！虽然尚不知三位中谁是凶手，不过狄兄确实挽救了小弟的前程！如今我可以问心无愧地上报说小凤凰被杀是一桩本地案件，与幽兰无关！如此恩情，实在无以为报，我……”

只听外面响起号令声和兵器的撞击声，一行人马正经过西门。

狄公接着又道:“第二桩是宋一文被杀。当时他只有五岁,过后很快便被舅父带去京城,他如何得到父亲蒙冤的证据,你我只能猜测一二。据我推想,他已知晓母亲的奸情,多半是长大成人后由舅父或其他亲属告知,因为其姨母说过,宋一文从未到金华探望过她。他定是设法得知郁金就是这一奸情的孽种,于是来到此地,不但与郁金见面,还在县衙档房中查考莫将军一案的细节。郁金并未告诉宋一文自己有个父亲,且偶尔会来探望她,但她定是告诉了其父有关宋一文的情形,包括姓甚名谁、来金华替父报仇、住在茶商孟掌柜家等等。于是那人寻到孟掌柜家,出手杀死宋一文。”

骆县令频频点头:“过后那人又在宋一文的住所四处翻找,想要寻出可能揭露自家身份的记录。或许宋一文果真找到了其父或其母的书信。当年官府查封了莫府的所有财产文书,但是家人总可带走一两件衣袍,多年以后,宋一文可能发现了藏在夹层里的密信,或是其他什么天晓得的法子!”

“这些情形,唯有等到我们查明凶手,并有足够的证据提审他时方可知晓。然而目前,我看是毫无指望!不过,在深思这一难题之前,我想先说第三点,就是幽兰被控笞死侍女一案。那两封匿名信,不知骆兄研究得如何?”

“平平而已。两封信皆出自学问深湛之人，仁兄也知道这文言体是如何严格规范的，人世生活中所有能想到的方方面面，或是偶发之事，几乎都有特定的表达方式，文人学士自会用词精准。若是由一个缺乏素养之人来写，自然会有所不同，很容易发现同样的怪僻手法或语病。因此我只能说运用某些虚字时，这两封信有相似之处，可能出于同一作者之手。实在抱歉！”

“若是能看到原件就好了！对于笔迹，我曾悉心研究过一番，必能鉴别出来！但是须得跑一趟京师，并且不敢说大理寺当真会允许我去查验原信。”狄公说罢，焦躁地揪揪长髯。

“狄兄何必非得凭书信来判断？以你的目光如炬，定会有其他办法来确认凶手！老天，此人必是具有阴阳两面！你定能从他们三人的言谈中发现蛛丝马迹，或是他们的……”

狄公断然摇头：“骆兄，此事绝无可能！根本难题在于他们三位都是非凡之人，其所作所为、遇事应变，皆不能以常理推之。我们须得承认，在学识、才能与经验上，他们都比你我更胜一筹——更不必说在朝野内外的显赫地位了！若是直接审问，无论对你对我，只会招来灭顶之灾。若是想通过公堂上平常的小伎俩来迂回试探，亦是徒劳无功。他们个个聪明绝顶、冷静自制，且又老于世故！比如说邵公，他从事勘案的经验比你我都丰富得多！企图通过诈供或是吓唬，让他们一时慌乱而吐露实情，只是痴心妄想罢了！”

骆县令摇一摇头，郁郁说道：“实不相瞒，我仍是没能习惯将这三位文豪之一设想成杀人疑凶。你该如何解释，如此人物竟会犯下残忍无情的罪行？”

狄公耸耸肩头：“我们只能粗略猜想一下。比如，我能想象邵公已尝尽世间百态，堂皇体面的生活使得他转而想追求反常的刺激。张公则正好相反，他显然自以为一向与真情实感相隔膜，以至于其诗作乏善可陈，这种挫败感会引起最意想不到的举动。至于鲁禅师，你说过他在皈依禅门之前，曾经苛待过寺庙的佃农，如今显然又将自身置于善恶标准之上，正是非常危险的态度。我只是提出几种所能想到的简单说法，至于更加复杂的解释，无疑还有许多！”

骆县令点点头，打开一只篮子，抓出一把蜜饯，放入口中慢慢咀嚼。狄公正想从座下取出茶篮倒一杯茶水，却发觉官轿大力朝后倾斜，掀开窗帘一看，此时正走上一条陡峭的山路，两旁皆是巨松。

骆县令用手巾仔细揩揩两手，接着说道：“至少对邵张二位来说，例行勘查也没甚用处。就在宋一文丧命的前天晚上，他们道是很早便已睡下。狄兄也知道他们当时住在驿馆内，地方很大，且又十分杂乱，各路官员进进出出、从无稍歇，因此不可能去调查他们的行踪，尤其是如果真想在晚间不为人知地溜出去，小心一点便可办到！不知鲁禅师那里情形如何?”

“一样暧昧不明。我发觉任何人都可进出敏悟寺，并有一条捷径从那里直通向东门附近，孟掌柜就住在彼处。既然郁金已死，怕是别无出路了。”

二人心中郁郁，不再言语。狄公轻捻颊须，默然许久，忽又开口说道:“方才我又回想了一番昨日晚宴时的情形。不知骆兄可曾注意到，这几位宾客在相互应接之际是何等恰如其分，幽兰亦是如此。他们殷勤有礼，但含蓄克制，和易款洽，却不动感情，只是诗苑同道小聚时所能想见的轻松说笑而已。他们几位在各自一方里，都是登峰造极的人物，并且多年以来定是时有会面，谁晓得彼此之间真正有何看法，或是有过何种将他们联系在一起的两方或多方爱恨纠葛？三位男宾并未流露出一丝一毫的真情实感，然而幽兰却有所不同。她生性炽烈多情，经历过一个半月的牢狱之灾，已是饱受煎熬。昨天晚上，她放下矜持的面具稍稍发泄，虽说只有一次，但是在那短短一刻里，我已明显觉出席间气氛为之一紧。”

“你是说当她吟出那首古怪的《喜重逢》之后?”

“一点不错。骆兄，她对你颇有好感，我敢说如果不是面对如此情感重压，竟至忘记了你也在场，她绝不会出言不逊，作出那等诗来。后来在高台上观赏烟火时，她已然平静下来，或多或少向你致过歉意。那首诗应是针对在座的三位宾客之一。”

“此话令我心中甚慰。”骆县令淡淡说道，“当时听到她的愤激痛责之辞，着实惊诧莫名，然而作为即席口占之作，那首诗仍是十分出色。”

“骆兄说些什么?实在抱歉，我又在想那两封匿名信，如果出于同一人之手，则表明三位宾客之一对幽兰衔恨甚深，想要置她于死地。再说回我们最为要紧的难题：三位中究竟谁是凶手?我答应过骆兄，要与幽兰共议白鹭观一案，但愿今晚会有机会。我将提起匿名信一事，再趁机从旁观望一下其他三位有何反应，尤其是对幽兰的态度若何。不过须得说句实话，这一试探会有何结果，我并无太多期望!”

“好个主意!”骆县令低声说罢，朝后靠坐在软垫上，认命般地将双手放在肚腹上。

过了一阵，官轿重又走上平路，到底在一片杂乱的人声中停下。

众人行至松林中一片开阔地上，四下皆是高大苍翠的古松，翠玉崖正是因此而得名。前面崖边处有一座敞亭，用粗大的木柱支撑起屋顶，崖下是深山幽谷，对面矗立着两条山岭，前者与古亭平齐，后者高耸入霞光四射的碧天之中。悬崖另一端有一座小庙，屋顶半掩在高高的松林背后，庙前有几个售卖吃食的货摊，如今因为县令老爷驾临而被聚拢在一处，骆府厨役已在那边搭建起露天灶台，树下支起板桌，众仆正忙于搬运提篮酒坛等物，所有衙吏、守卫与军校都将在那边享受款待，轿夫与苦力则会分润剩余的酒食。

骆县令立在头顶官轿前，恭迎邵张二位。只见鲁禅师走上崖顶，形容蓬乱，旧蓝袍的下摆卷起并掖在腰间的草绳下，露出汗毛浓密的粗壮小腿，一包衣物挑在杖头，恰如村野农夫一般。

“禅师看去就像一位真正的山中隐士！”邵繁文大声说道，“但是用来滋养补益的，却有更甚于松子晨露者！”

鲁禅师咧嘴一笑，露出一排凸凹不平的黄牙，转身朝小庙走去。骆县令引着众宾踏上一条落满松针的小径，直朝略微高出地面的亭前石阶而去。狄公走在最后，留意到三名兵士并未随众同去临时灶台，而是蹲坐在古亭和寺庙之间的一棵巨松下，头戴镶缨铁盔，背负长剑，其中膀大腰圆的队正，恰是昨日在衙院中遇到的那人。这三人受刺史差遣，一路押解幽兰入京，鉴于骆县令为幽兰的担保只限于府院之内，因此她一旦外出，就必须严加防范，如此行事并无任何不当之处，皆因他们得用身家性命来为犯人负责。这本应是赏心乐事的一场远游，却由于几名官差冰冷严酷地从旁现身，狄公忽觉心中一紧。

十七

狄公步入亭内。众人喝过一杯热茶，骆县令引路走到崖边。众人立在低矮的雕花石栏旁，默然注视着一轮血红的夕阳落下山去，山谷很快便笼罩于一片阴影之中。狄公俯身看去，只见峭壁直直下去，约有百尺多深，一条溪涧在幽深的谷底蜿蜒流过，隐约可见水中巨石嶙峋，薄雾正从下方冉冉升起。

张岚波转过身来，虔敬说道："此景果然令人过目难忘！但愿我能用短短几句道出其辉煌壮美，引起……"

"只要不抄袭拙作便成！"邵繁文微微一笑，插话说道，"老夫头一次游此胜地，是陪尚书中丞朱公同来，并以黄昏日落为主旨，写下一首绝句，想必朱公已命人刻好后悬在椽柱之上。来来，且去看上一看！"

众人一齐打量，亭中椽柱上果然悬着十来块大大小小的诗匾，皆是前来游赏的名流雅士所作的诗文。邵繁文命侍从点亮灯盏、高高举起，张岚波仰头细看，大声说道："邵兄的大作果然在此！挂得够高，但我尚能看清，好个古风古韵!”

“老夫勉强用了几个典故凑成全篇，他们本应挂在更佳的位置上。想起来了！朱公还给当日小聚命名为‘云间会’，诸位，谁给今晚的雅会也取个好名目?”

“‘雾中会’。”有人嘶声说道。只见鲁禅师走上石阶，重又套上那件镶黑边的猩红袈裟。

“妙极!”张岚波大声赞道,“雾气果然浓重，如同长长的带子一般在林间飘动哩!”

“贫僧指的并不是这。”鲁禅师议论道。

“即刻便会月出东山，我等且拭目以待,”狄公说道，“既为中秋佳节，要紧的便是赏月!”

侍从在石栏边摆下朱漆圆桌，将酒杯一一斟满，又端上盘碟，里面盛有各色凉菜。

骆县令举杯说道:“本县恭迎各位莅临‘雾中会’！今日只略备了几样乡村野食，还请诸位无须在意繁文缛节，随意就座吧。”话虽如此，仍然小心地请邵繁文坐在自己右边，张岚波坐在左边。

夜晚寒气渐侵，座椅上铺有厚厚的锦褥，地上也摆好了木制脚踏。狄公坐在骆县令对面，夹在鲁禅师与幽兰之间。侍从又捧上大碗的热蒸卷，骆府厨子显然早已料到在夜凉如水的山崖上，众宾客不会享用太多开局凉菜。两名侍女执壶斟酒，鲁禅师举杯一饮而尽，嘶哑说道：“贫僧此番登山颇为得趣，瞧见了一只锦鸡，两只荡在树上的猿猴，还有一只狐狸，体格硕大，并且……”

“还望禅师今晚放我们一马，别再讲述令人毛骨悚然的狐鬼故事了！”幽兰说罢微微一笑，又对狄公说道，“上次我等在湖湘一带会面，禅师让人人都起了一身鸡皮疙瘩！”狄公心觉她比午时看去气色大好，不过也许是精心妆扮的缘故。

鲁禅师用一双凸出的蛤蟆眼紧盯着幽兰，徐徐说道：“贫僧偶尔会有先见之明。若是我将眼中所见道与外人的话，则半是为了炫耀，半是为了减轻心中惊惧，只因这些所见之物非我所喜。就个人而言，我更乐意观赏在野外自由自在的飞禽走兽。”

狄公听罢，深觉鲁禅师此时的心境格外平和谦抑，于是说道：“我曾在汉源县任职，当地有许多猿猴，就在敝宅后面的密林中。每天清早，我总是坐在后廊上，一边喝茶，一边赏看。”

“喜爱飞禽走兽是好事，”鲁禅师徐徐说道，“一个人从不知道自己前世是何种畜牲，也不知道下一世投胎时，又会做何种畜牲。”

“据贫道想来，狄县令以前定是一只猛虎！”幽兰戏谑地说道。

“炼师毋宁说是一只看家狗哩!”狄公说罢，转头对鲁禅师又道，“师父说过自己不再信佛，但是仍相信轮回转世之说。”

“当然相信！为何有人从生到死都遭遇惨苦？为何有人在孩童时就会横死夭折？唯一可以接受的解释就是他们在赎上一世里造下的罪孽。上天怎会让我等仅仅在这一生一世就偿尽所有过失？”

“不，不！骆县令非得如此!”邵繁文在一旁说道，“你既有情圣的美名，就得吟诵一首俏皮的情诗来证明一二!”

“骆县令只是为爱而爱。”幽兰淡淡说道，“他并不专情，因为不能真正深爱一人。”

“如此评价我们可敬的东道，实在有失厚道!”张岚波高声反驳一句，“幽兰，罚你吟一首自家所作的情诗来听听!”

“我不会再吟情诗，不过愿为你赋诗一首。”

骆县令抬手一指旁边桌上备好的笔墨纸砚，朝管家示意一下。狄公眼见他面上失色，心知幽兰的评议显然戳到了痛处。

管家正挑选纸张时，邵繁文大声说道：“以幽兰之才思，

幽兰即席题诗柱上

不该将其传世之作写在一张纸上！倒不如题在那边的柱子上，以便日后刻下，好让后人景仰传诵!”

幽兰耸耸肩头，起身行至最近的一根大柱前，一名侍女手捧笔砚跟在后面，另一名侍女手擎蜡烛，立于一旁。幽兰抬手摩挲几下，寻到表面平滑的一处，纤纤玉手修长灵动，令狄公再次心头一震。只见她提起笔来，在砚台里润了几润，用清丽雅致的书法题下数行：

苦思搜诗灯下吟，
不眠长夜怕寒衾。
满庭木叶愁风起，
透幌纱窗惜月沈。[1]

“哈哈!”邵繁文大声说道，“这四句道出了一片秋思怀乡之情。就此饶过幽兰，且为才女干上一杯!”

侍从捧上几道热气腾腾的菜肴，众人频频举杯，饮过数巡。此时夜色渐浓，乌云蔽月，崖上寒气迫人，湿冷的白雾从山谷中逸出。在众人团团围坐的圆桌四周，又各摆下一只大铜盆，里面堆满了灼热的炭火。

骆县令漫漫注视着松林中闪烁的彩灯，忽然倾身朝

---

[1] 此诗为鱼玄机所作，名为《冬夜赠温飞卿》，全诗共八句，后四句为“疏散未闲终遂愿，盛衰空见本来心。幽栖莫定梧桐处，暮雀啾啾空绕林。”高罗佩先生在《中国古代房内考》第七章中也曾引用过前四句。“沈”通“沉”。

前："那三名兵丁在树下点火，意欲何为?"

"他们正是负责押送我的官差。"幽兰徐徐说道。

"这些无礼的混账!"骆县令叫道，"我立时便让他们……"

"骆县令对贫道的担保，只限于贵府之内。"幽兰随即提醒道。

"啊……嗯，不错，明白了。"骆县令咕哝一句，又厉声喝道，"管家，糖醋鲤鱼为何还不端上来?"

狄公亲自为幽兰斟满一杯酒，开口说道："骆县令给我看过他为白鹭观一案所写的评注，心想或许我能助炼师起草一份辩词。本县虽说文笔粗陋，但对案牍公文总还略有心得，并且……"

幽兰放下酒杯："多谢狄县令一片好意。不过，这一个半月的牢狱辗转，让我有许多工夫来思量其中对我有利之处。狄县令定是刀笔纯熟、措辞严谨，贫道虽不能及，但依然自认是最有资格撰写辩词之人。我且为你斟上一杯!"

"别说傻话，幽兰!"鲁禅师率然说道，"狄县令在刑鞫勘案上一向颇富盛名!"

狄公又道："我留意到一件事，此案发端于一封未被十分重视的匿名信，至于写信之人如何会知晓树下藏尸，从所有证人处竟找不到一点蛛丝马迹。况且此信出自一个文笔精湛之人，故而绝无可能是匪盗一流。这人究竟是谁，莫非炼师全然不知?”

“若是知晓的话，我定已上报官府。”幽兰应声说罢，举杯一饮而尽，随后又道，“不过，或许也不会。”

席间霎时一片静默。半晌过后，张岚波淡淡说道：“才貌双全的女子尽可以任情翻覆。幽兰，我敬你一杯!”

“我也算上!”邵繁文低沉说道。众人纷纷笑出声来，但是狄公只觉笑得颇为勉强。酒已饮过数巡，然而三位男宾皆是海量，未有一丝醉酒失态的迹象。幽兰两眼中却已燃起灼热的亮光，似乎即刻便要按捺不住。必须引得她更行更远，最后那句含糊不明的话语，似是暗示她对某人怀有疑心，并且这人此时就坐在席上。

“炼师有所不知，”狄公接着说道，“这封匿名控告信让我想起十八年前，就在金华本地，另一封匿名信致使莫德龄将军家破人亡。那封信同样由一个文笔精湛之人一手书成。”

幽兰犀利地瞥了狄公一眼，扬起两弯蛾眉：“你是说十八年前？这对我似乎并无助益!”

“实不相瞒，我在此地遇到一个与莫将军一案有所关联之人，虽非直接相关，但是这次晤谈仍然揭出一些内情，颇可思量。那女子的母亲正是莫将军的一房侍妾，娘家姓宋。”

狄公环顾四周，只见鲁禅师正忙于大啖素烧竹笋，似乎并未十分在意，邵张二位倒是从旁倾听，然而面上也仅仅流露出基于礼节的兴趣。狄公用眼角的余光一扫，瞧见幽兰面上显出惊骇之色，于是肚内迅速一轮：十八年前，她只有十二岁，定是有人将此事告诉过她！

鲁禅师投箸在案：“你是说姓宋？就在前两天，似是有个姓宋的书生被人害了性命？”

“师父说得不错。正是因为彼此有涉，我与骆县令才又细细研究了一番莫将军谋反的旧案。”

邵繁文开口说道：“虽然不知你们想要从中找到什么，但是如果骆县令以为莫将军一案的判决有何疑问的话，真可谓是缘木求鱼了！老夫当年曾为钦差出谋划策，对此案始末知之甚详。我可以告诉你，莫将军确实参与了谋反，虽说从军时英勇善战，不免有些可惜。其人外表看去温良和善，实则败絮其中，念念不忘升官发财。”

张岚波也点点头，举杯呷了一口，朗声说道：“骆县令，我虽对司法断案几乎一无所知，对解谜却很有兴趣。你能否解释一下，这莫将军谋反的旧案与新近发生的书生一案，究竟有何关联？”

“张公明鉴，被害的书生正是姓宋。我二人认为他与那莫家侍妾的女儿可能是同母异父兄妹，就是狄县令方才说过的女子。”

“在我听来，只是臆测而已！”张岚波不以为然。

幽兰正欲开口，狄公却迅速说道：“并非如此。莫将军的侍妾遗弃了自己的女儿，因为她是通奸的孽种。我们推断出当宋生得知其异父妹妹及其母亲的旧情人都住在金华，便来到本地寻找此人。我们还查明他曾去县衙档房，悉心查考过莫将军的亲朋故旧。”

“骆县令，佩服佩服！”邵繁文大声说道，“想不到你一边殷勤款待我等，一边还埋头公务，且又不动声色，令我们从未起疑！关于书生被害一案，可曾发现什么线索？”

“邵公明鉴，其实都是狄县令一手操办，他自会道出有何进境。”

狄公说道：“经由一个偶然的机会，我找到了宋生的同母异父妹妹，就是南门外黑狐祠里的女巫，虽有几分痴傻，但是……”

“神志不清之人的证词，在公堂上算不得数，”张岚波插言说道，“我虽对律法知之甚微，但也知晓此节。”

鲁禅师转过脸来，一双蛤蟆眼紧盯着狄公，开口问道：“如此说来，狄县令也认得郁金？”

十八

鲁禅师撇撇厚嘴唇，用汗毛浓密的大手把玩着酒杯，沉思说道：“贫僧也去看过那姑娘，仅只一次而已。她与狐狸十分亲密，此事令我颇感兴趣，祠堂内狐狸到处乱窜。你们可知道她的身世背景？她曾被卖到一家下等妓院里，遇见头一个客人，便咬掉了那人的舌尖，这岂不正是狐狸的做派！不过也甚是有用，客人几乎流血而死，于是她趁乱跳出窗子，直奔荒地里的黑狐祠，从此一直住在里面。”

“师父上次见到她，不知是在何时？”狄公随口问道。

“何时？嗯，大约一年之前。就在三天前，我来到此地，想再见她一面，为的是弄清她与狐狸之间究竟有何联系。”鲁禅师说到此处，摇一摇头，“可惜去过数次，每每走到荒地的牌楼前，就只得转回，只因那里聚着一大群幽灵鬼怪。”说罢自顾斟满一杯酒，转头对骆县令又道：“骆县令昨晚召来的舞姬，也是一副狐狸样貌，不知她的脚伤可有好转？”

骆县令先以眼色征询，见狄公点头示意，方才对众人说道："昨晚不想惊扰诸位，因此姑且说是舞姬出了事故。其实，她是被人害了性命。"

"果然不出我所料！"鲁禅师低声咕哝道，"她的尸身就躺在左近，我们还一直在饮酒闲谈哩。"

张岚波目瞪口呆地看着幽兰，惊问道："被人害了性命？是你发现的？"幽兰闻言点头。

邵繁文怒道："骆县令应该早些告诉我们才是！再说我们也不是轻易便会受惊扰之人，老夫又有多年的断案经验，不定还能助你们一臂之力。如此说来，你得处置两桩人命案了！关于杀害舞姬的歹人，可有什么线索不曾？"

狄公见骆县令犹豫不决，便代他答道："这两桩案子有着密切关联。关于宋生和他在金华所做的查考，邵公所言极是，其父莫将军确实犯下谋反大罪，宋生也是缘木求鱼枉费了心机。不过，我二人认为有一点宋生看得很准，即他想要追查之人当年控告莫将军，并非出于忠君报国，而是另有私意存焉，说来……"

幽兰从旁惊叫一声，颤声说道："你非得继续谈论如此骇人之事？这般处心积虑，步步紧逼，将套索愈收愈紧……你莫非忘记我尚且有案在身、命悬一线？怎能……"

“少安毋躁，幽兰！”邵繁文插言说道，“你根本无须担心！你将会被无罪开释，这一点绝无疑义。大理寺的判官皆是精明强干，个个我都认识。我担保他们会将你的案子作为例行公事听上一遍，然后立即驳回。”

“一点不错。”张岚波附和道。

狄公又迅速说道：“有个好消息告诉炼师。我方才说过，控告莫将军的匿名信和告发你的匿名信都出自文章高手，如今我们又发现，作者或许就是同一人。如此一来，炼师的案子便有了新线索。”

邵张二人望向狄公，面露惊异之色。

“不如再来说说那面貌酷肖狐狸的舞姬一案。”鲁禅师嘶哑说道，“毕竟就发生在你我隔壁的屋内！”

“确实如此。师父一定熟知‘王妃梯’的典故。想到九皇子的王妃正是利用大厅屏风后的暗门来……”

忽听一声巨响，只见幽兰一跃而起，掀翻座椅，低头怒视狄公，厉声叫道：“你这十足的蠢材！好一套牵强愚笨的说辞，实则却对摆在眼前的真相视而不见！”说着抬手捂住胸口，气喘吁吁。“明白告诉你，我厌烦透了所有这些讼棍的伎俩，我已领教过将近两月，再也忍无可忍！到此为止吧！”随即一拍桌案，大声叫道：“你这蠢材，正是我杀了那企图敲诈勒索的小凤凰！都是她咎由自取！我拿剪刀戳进她干瘪的喉头，然后奔出门去，在你们面前演了一出好戏。”

幽兰两眼喷火，环视左右，席上一片死寂。狄公仰头相望，亦是目瞪口呆。

“此乃终章结局!”骆县令低声咕哝道。

幽兰垂下眼帘，稍稍平静一二，接着叙道:“宋生曾是我的情郎。他一向心存执念，认定自己的父亲被人诬告。小凤凰告诉我说宋生去看过郁金，那是个半傻半痴的可怜虫，深陷于欲念之中，将一个穿着破烂衣服的傀儡当作自己的相好，苦于出身孤儿，便假想出一个有时来看望自己的父亲。小凤凰还告诉我说，她之所以顺水推舟编派说路遇其父，只为取悦于郁金，然后好学些古怪的曲子。此女实是个狡猾恶毒的小淫妇，合该作死。她还从宋生那里探听出我的秘密，想要借机敲诈。昨日午后，她原本打算跳《紫云凤凰》一舞，但是遇见我之后，肚里一轮，便要改为《黑狐曲》，为的是暗示她曾在破庙附近遇见过宋生。”

幽兰说得又快又急，不得不停下喘息稍歇。狄公极力试图理清这一大篇纷乱错杂的述说，自己精心建构起的证据还没来得及当众议论，就已被击得粉碎。只听铁链哐啷作响，原来是三名官差被座椅砰然倒地和幽兰的尖叫声惊动，已朝这边走来。队正立在亭柱旁，面带疑色朝四下打量，却无人看他一眼，众目睽睽尽皆盯在手扶桌案、立在当地的幽兰身上。

狄公开口发问时，语声全然变调："小凤凰从宋一文那里得知了你的什么秘密？"

幽兰转身朝队正示意，"过来，差官！你一向对我以礼相待，你也该来听听！"

队正走到桌前，忧心忡忡瞥了骆县令一眼。幽兰接着说道："宋生曾是我的情郎，但我很快就厌弃了他，把他打发走了，那还是去年秋天的事。一个半月之前，他在湖湘一带驻留数日，又去看我，并恳求我回心转意，却被我拒绝。我已受够了这些情郎，对男子心生厌恶，只留下几个女友，信不信由你！我发觉侍女欺骗了我，背地里与一个苦力来往，便让她卷起包袱离开。那天晚上，她以为我外出散步，便偷偷溜回来，正打开首饰盒一扫而空时，被我逮了个正着。"说罢略停片刻，将发髻中脱出的一绺青丝不耐烦地撩到一旁。

"我想让她好好吃顿鞭子。但是……但是我打的并不是她，每一下仿佛都抽在自己身上，我这不可理喻的荒唐的蠢材！当我回过神来，才发觉她已倒在地上断了气。我将尸身拖到花园里，却见宋生正站在后门口。他一言不发，帮我将尸体埋在樱树下，又把地面弄平整，然后说我们得保守秘密——我们！我回答说绝不，既然他帮我藏匿尸体，便已成为杀人同谋，还是赶紧离开为上，于是他便溜之大吉。我想须得设法保全自己，以免尸体被人发现，于是扭坏了花园后门的门锁，又将一对银烛台藏在祠堂的香案底下。”

幽兰深深吁一口气，转头对队正柔声说道："还请差官见谅。三天之前，我走入此地的银铺，你在外面小心等候。我正巧遇到宋生，他低声说既然他写的匿名信尚不足以置我于死地，还会想些别的法子，不过或许我愿意先与他详谈一二，我便答应午夜时前去会他。你很是替我着想，并未派手下在我住的客房门口把守，于是我悄悄溜出客栈，行至宋生的住处。他让我进屋后，我便动手杀死了他，用的是从小巷的垃圾堆中随手捡来的一把圆规。且罢，贫道言尽于此。”

“那就多有得罪了。”队正漠然说罢，解下缠在腰间的细铁链。

“你一向擅长即席吟咏、出口成章。”一个低沉的声音响起，正是邵繁文。适才他已站起身来，此时立于座椅后方，身形高大壮硕，一袭锦袍辉煌飘洒，仪表堂堂，风采夺人，檐下悬挂的彩灯发出光亮，正照在那张平静傲然的脸面上，一对黑瞳显得格外硕大。只见他仔细整整衣袍，淡然说道：“我却并不想欠一个平常婊子的任何情分。”说罢从容跨过低矮的石栏。

幽兰发出长长一声尖叫。狄公一跃而起，奔向栏杆，队正与鲁禅师紧随其后。一片漆黑之中，唯闻从幽深的谷底隐隐传来流水声。

狄公转过身来，幽兰已住口收声，立在石栏边惊骇欲绝，张岚波站在一侧。骆县令迅速吩咐几句，管家连连点头，一路奔下石阶。

幽兰重又回到桌旁，重重坐下，木然说道：“他是我唯一爱过之人。且来干这最后一杯，即刻就得与诸位告辞。且看那边，此时已是月出东山！”

众人再度落座，队正退后几步，靠立在最远处的亭柱上，与两名手下站在一处。狄公为幽兰默默斟满一杯酒，骆县令开口说道：“据敝府管家所言，前面还有一条小径，朝下直通到溪谷边，几名家丁正奔去那里寻找尸身。不过水流很是湍急，恐怕得在下游二三里开外方可寻到。”

幽兰两肘据案，惨然一笑：“早在多年以前，他已让人设计出一座气势宏大的坟茔，并绘出图样，预备百年之后建在原籍。如今他的尸身……”说罢抬手掩面，双肩不住抖动。骆县令与鲁禅师从旁默默看觑，张岚波掉过头去，望向月光下的山岭，两眼睁得老大。

幽兰垂下两手，接着叙道："不错，他才是我唯一深爱之人。我喜欢过温东阳，一个慷慨大度的温和良伴，还有其他几人，对邵繁文却是刻骨铭心，令我不得安宁。我十九岁时爱上了他，他拒绝为我赎身，安排我秘密逃出那家行院。当他心生厌倦时，没有留下一文钱便弃我而去。从京师行院逃走后，我的名字便被打入另册，从此不能再进入任何上等场所，于是不得不像下等娼妓一般操着皮肉生涯，后来贫病交加，几乎不曾饿死，他明明知道，却根本无动于衷。后来温东阳救我出了水火、重见天日，我多次试图让他回心转意，他却将我推到一边，不予理睬，就像踢开一条过于忠心的狗一般。他让我受尽了折磨，但我从未停止过爱他！"

幽兰举杯一饮而尽，朝骆县令凄然一瞥。"骆县令邀我前去府上，我先是一口回绝，以为自己再也不想见到他……听到他浑厚的声音，看见……"说到此处，耸耸肩头，"但是，当你真正爱上一个人，甚至也会爱上他的邪恶之处。于是我又来了，与他共聚一堂实为折磨，但我心中欢喜……唯有当他命我为了我们'喜重逢'而赋诗一首时，我终于难以自持。还请骆县令见谅。世间虽有千万人，但唯独在我面前，他方可任意炫耀自己的罪恶邪行，不但为数甚多，还自诩是古往今来最为杰出之人，因此足可尝试凡人身心所能承受的一切刺激体验。他确实引诱过莫家侍妾，当奸情败露后，又告发了莫将军。他曾想参与谋反，但是不久便觉察出这场谋反必败无疑。他知晓莫将军所有同党，那些人对他却是一无所知！钦差对他的建言献策十分赞赏——他很是津津乐道于此！莫将军受审时，对他只字未提，因为既无他相与谋反的书面证据，又出于自尊，耻于提起通奸一事——况且那侍妾已悬梁自尽，还是没有任何证据。他很乐意对我讲述这些陈年旧事……今年春天，他去白鹭观探望我，他最为热衷之事，莫过于眼看着别人被他害得境遇凄惨，却从旁幸灾乐祸、洋洋自得。也正是因此，每次路过金华，他都要特地去黑狐祠里看望其私生女，还对那女子说她有忠实的情郎与狐狸做伴，生活得十分美满哩。

“至于鞭笞侍女致死一事，我方才所述俱是实情，只不过将邵繁文换作了宋一文。我从没见过那倒霉的后生，只是昨日才听他讲起。郁金将有关宋生的事全都告诉了他，于是他在晚间前去宋生住处，敲开后门，道是知晓有关莫将军一案的内情。宋生引他进屋后，他便下手杀人，用的正是在花园门外垃圾堆里拣到的一把旧圆规。他说过自己总是随身携有一把匕首，但是利用在现场找到的凶器更佳，正是因此，他用剪刀杀死了小凤凰。他唯一担心的是宋生可能掌握了有关当年奸情的证据，陈年书信或是其他物事。他翻遍了宋生的住处，却一无所见。禅师，替我再满上一杯!”

幽兰缓缓饮完酒水，又道:“他帮我掩埋起侍女的尸身后，不消说我根本没有打发他离去！恰恰相反，我哀求他，跪在地上哀求他留下别走，再与我重温旧情！他说可惜没能亲眼看见我鞭打侍女，不过仍须上报官府，随即大笑而去。我知道他说得到做得出，于是设下笨拙的伪装。当我听说有人写了匿名信时，我知道一定是他，他想要置我于死地。他明知我怀有一腔愚蠢卑屈的挚爱之情，明知我即使命系于此，也绝不会告发他!”说罢失意地摇一摇头，抬手指向亭柱，“且看我是多么爱他！那首诗正是我们当年共度时写下的。”

忽然，幽兰对狄公怒目而视，切齿叫道:“眼看你向他投下危险的圈套，并且愈收愈紧，就好像扼住了我的脖子一般！于是我大叫起来，将所知之事拼凑在一起，为的是要救出他。不过你也听见了他最后说的是什么话。”

幽兰放下酒杯，站起身来，抬起纤纤玉手整好发髻，随口又道:“既然邵繁文已然身亡，我自然可以说是他鞭打侍女致死，他也完全可能做出此事。但是，既然他已不在人世，我也无意苟活。我本该跳下山谷，随他而去，但是如此一来，就会连累差官丢了性命。再说我也有我的自尊，虽然做过许多不当之事，但绝非怯懦之辈。我鞭打侍女致死，正预备去担当随之而来的后果。”说罢转头对张岚波微微一笑：“能与张公这样才华横溢的诗家得识，确是幸事一桩。还有鲁禅师，也令我十分钦仰，早已发觉你才是真正睿智之人。感谢骆县令的高谊盛情。至于狄县令，还请恕我方才言语冒犯。我与邵繁文的一段孽缘，注定不得善终，只是迟早而已，你的所作所为，只是恪尽职守。这一结局其实未必不佳，皆因他已致仕退隐，较之以往，可以更加行动自如，正谋划着新的恶行以自娱自乐。我言尽于此，各位就此别过！”

队正取下铁链，套在幽兰身上，然后带她离去，两名兵士跟在后面。

张岚波蜷缩在座椅中，面色枯瘦灰白，抬手缓缓摩挲前额，低声说道：“此刻真是头痛欲裂！想想看，我还曾希望有一段真正肠断心碎的经历哩！”说罢站起身来，迅速又道：“骆县令，我们回城去吧。”忽又惨然一笑：“老天！骆县令定会前程一片大好！头等考功嘉奖已然为你备下，将会……”

“张公明鉴，我很知道此刻已为我备下何物。”骆县令淡淡说道，“那便是须得连夜伏案撰写呈文。还请张公先行上轿，我即刻便来。”

张岚波走后，骆县令对着狄公注视良久，口唇颤抖，吞吐说道：“狄兄，这……这真是令人心惊。她……她……”竟至语不成声。

狄公轻轻按住骆县令的手臂，“骆兄可以为幽兰的小传煞尾作结了，须得录下她方才说过的所有字句，唯其如此，你为她所编录的集子才是完全公允，她将会因其诗作而名垂千秋。你先与张公一道下山，容我在此驻留片刻，稍稍理清头绪。命众衙吏在公廨内备好一应物事，我自会前去助你草拟所有官文。”

狄公目送骆县令离去后，转身对鲁禅师说道：“不知师父有何打算？”

“贫僧陪狄县令同在此处。且将座椅挪到栏杆边，正好赏月，毕竟我们远道而来，为的是庆此中秋佳节！”

二人背对残席坐下，亭内如今再无旁人。骆县令刚一离去，众仆便溜去林中灶房，急于议论这一惊人变故。

狄公默默凝望对面的山岭，月光异常明亮，几乎可看清每一棵树木，忽又开口说道：“师父对黑狐祠里的郁金颇有兴趣。我不得不憾然告知一事，她染上了狂犬症，死于今日午后。”

鲁禅师点点头：“此事我已知晓。今日上山时，我生平头一次见到一只黑狐，身形修长柔软，一身皮毛乌亮光滑，只瞥了一眼，它便迅速闪进林中，消失不见……”说罢抬手摩挲粗硬的颊须，发出刺耳的刮擦声，仰望明月，闲闲问道：“狄县令手中可握有不利于邵公的切实证据？”

“并无一丝一毫。但是幽兰以为我有证据，正是她解开了所有谜团。倘若她不曾说破，我也只能徒然理论一二，并渐渐沦为愈辩愈不明的空谈，邵公将会称其为有趣的推断尝试，于是就此收场。他十分清楚我并没掌握一点对他不利的证据。他之所以自戕，并非由于惧怕律法诉讼，而只因具有超乎寻常的强烈自尊，不能容忍自己居然会被他人怜悯。”

鲁禅师再度点头：“狄县令，这真是一出好戏，一出人间的好戏，狐狸恰巧在其中扮演了角色。但是我们看待一切事体，不应只限于渺小的人世，另有许多其他世界与之交织重叠。从狐界看来，此乃一出狐狸的好戏，恰巧有几个人在其中扮演了小角色而已。”

“师父说得也许有理。不定早在四十年前，当郁金的母亲还是个妙龄少女，抱了一只狐狸崽子回家时，这出戏就已经开场。我并不得而知。”狄公说到此处，伸伸两腿，

“不过我却知道，此刻我真是筋疲力尽了！”

鲁禅师朝狄公斜瞟一眼：“不错，狄县令最好稍歇一刻。长路未尽，长夜未央，你我虽非同道，然而其中艰辛自是无异，唯有各自勉力前行。”

鲁禅师背靠座椅，瞪着一双硕大而凸出的蛤蟆眼，仰望空中一轮明月。

后　记

狄公在中国历史上确有其人。他生于公元630年，卒于700年，是唐代的杰出判官与著名政治家。然而本书中所述的故事纯属虚构，除了幽兰，其他人物也都是虚构而成。幽兰的原型是著名女诗人鱼玄机（844—871）。她曾是娼家女子，一生际遇坎坷，因为被控鞭笞侍女致死而命丧法场，但是她是否真正有罪，至今尚无定论。关于她的生平与著作详情，可参见拙作《中国古代房内考》第七章，本书第十七回中所引用的诗句，确为鱼玄机所作。

书中涉及中国文人生活的某些方面，其中值得一提的是，在将近两千年里，科举制度是中国人踏入仕途的最主要门径。人人都可参加科举考试，虽然富家子弟比穷苦人家的后代有更好的机会，但是一旦通过考试，无论贫富贵贱，都会立即被授予官职，使得官僚制度带有些许民主的痕迹，具有一种保持社会平稳的作用。文学成就在社会生活中扮演着重要角色，书法极受重视，其地位高过绘画。如果读者记得汉字是象形文字，更像是画出而不是写出的，这一点就很容易理解，并且大可将中国书法与西方抽象画进行一番合理的比较。

中国的三教是儒教、道教和佛教。佛教于公元一世纪从印度传入中国。绝大多数官员都是儒家弟子，与道教有所共鸣，对佛教却很是排斥。但是在公元七世纪时，从印度传入一个新教派，中国人称为禅宗，它吸收了许多道教因素，主张“教外别传，不立文字，直指人心，见性成佛”。这些教义受到了持折衷主义的中国文人的欢迎，变得十分流行，在日本亦是如此，被称为 Zen。本书中的鲁禅师就是一位禅僧。

中国的狐仙传说发源古老，在中国文学里一直占有重要地位。关于狐仙巫术的更多材料，笔者在此推荐荷兰汉学教授高延（J. J. M. de Groot）的著作《中国宗教体系》（*The Religious System of China*，1910 年出版于莱顿）第五章第 576—600 页。

在狄仁杰的时代里，中国人不留辫子，这是公元 1644 年满族人入主中原后才强加于汉人的习俗。男子将头发束成顶髻，室内室外都要戴帽子，只有睡觉时才摘下，如果面对他人时头上不戴任何冠帽，将会被视为严重的冒犯。唯一例外的是道士和僧人。这一点在本书的宋一文命案里有所提及。

在唐代时，中国人不吸烟，几百年之后，烟草和鸦片才传到中国。

高罗佩

译后记

此书写于 1967 年，是高罗佩先生创作的最后一部小说。根据传记所述，激发他写作灵感的，正是三十多年前在法国巴黎的生活和法国歌曲《诗人之爱》（*L'ame des Poetes*）。当时他曾与法国知名女歌手卢香·波瓦耶（Lucienne Boyer）一起在波瓦森林中骑马，二人穿着当时流行的俄罗斯哥萨克制服，"在巴黎度过的那段岁月很浪漫和富有诗意，犹如波希米亚人的生活"。在写作此书时，他整夜播放朱丽叶·格蕾科（Juliette Greco）的唱片，因为其中也有卢香·波瓦耶的这首歌曲。[1]

1967 年 6 月，高罗佩先生得知自己身患肺癌，已是时日无多，却仍然全力工作。9 月 21 日，他在病情恶化的前夜完成此书，9 月 24 日与世长辞。次子彼得·范古利克（Pieter Anton van Gulik）曾说过，父亲就像他一直所希望的那样，"战死在沙场上"。[2]

1968 年，此书的英文本由英国海涅曼出版社（William Heinemann Ltd.）出版，名为 *Poets and Murder*，

意为“诗人与谋杀”；荷文本由荷兰范胡维出版社（W. van Hoeve Ltd.）出版，名为 *Moord op het Maanfeest*，意为“中秋案”，译者采用此名。

书中的女诗人幽兰，其名的原文为 Yoo-lan，后记中指出这一人物以唐代女诗人鱼玄机为原型。译者为何定名为“幽兰”，理由有二：一是鱼玄机又名幼微，字蕙兰；二是高罗佩先生曾在另一部著作《琴道》中记载过，中国最早记谱保存下来的琴曲可追溯到唐代，名为《幽兰》。[3]“幽兰”一名，既与《幽兰》琴谱相应，又与“幼”、“兰”二字暗合。另外，幽兰在巴蜀的经历，有一部分或许借鉴自唐代另一位名妓薛涛的生平。《中国古代房内考》一书中关于薛涛有如下记述：“父亲带她到四川就任，竟死在那里，这使她陷入困窘之中。由于她喜欢奢华，又有姿色，便在成都入籍为娼，不久便因才貌出众而声名大噪。当时的一些著名诗人游四川，往往都要登门求见，如白居易（772—846）及其挚友元稹（779—831）。她与后者关系更深，分手之后很久仍有书

---

❶ ［荷兰］C. D. 巴克曼、［荷兰］H. 德弗里斯著，施辉业译：《大汉学家高罗佩传》，海南出版社，2011年，第20页。

❷ 《大汉学家高罗佩传》，第283页。

❸ ［荷兰］高罗佩著，宋慧文、孔维锋、王建欣译：《琴道》，中西书局，2013年9月，第28页。

信往还。她还为唐代大将军韦皋（745—805）所宠爱，俨若他的夫人。韦皋在四川做了许多年节度使，他显然给她留下了大笔财产。……她活了很大年纪，成为四川一带的引领风骚之人。”❶

至于幽兰的旧情人温东阳，其原型当是温庭筠。“在咸宜观中，鱼玄机遇到一位当时有名的年轻诗人温庭筠（主要活动于850年）。他的出名不仅是因为诗写得好，而且也是因为他的生活放荡。她爱上了他，一度形影不离地伴随他浪迹四方。但是她拴不住这个放荡不羁的诗人，终于被他抛弃。”❷ 第十七回中幽兰的题柱诗，正是引自鱼玄机写给温庭筠的《冬夜赠温飞卿》。

书中的人物郁金，原文为Saffron，意为藏红花或橙黄色，亦可称为郁金色，故取此名。

本书中的真凶，已不再是传统小说中以谋财或猎色等原因而作案的常态罪犯，而是类似以杀人害命为乐的变态恶魔。这一点令人不由想起“侦探女王”阿加莎·克里斯蒂（Agatha Christie）笔下波洛（Poirot）系列小说的大结局《幕》（*Curtain*），凶手具有“虐待狂的欲望和力量

---

❶ ［荷兰］高罗佩著，李零、郭晓惠、李晓晨、张进京译：《中国古代房内考》，商务印书馆，2007年，第172、173页。

❷ 《中国古代房内考》，第172页。

的欲望”，认为自己“掌握了生死予夺之权”，持续实行一种没有明显利己动机的间接杀人行为，因此能够“永远不被定罪”，从中或可反映出作家独有的敏锐眼光，早早便已觉察出理性时代即将终结。其实，早在 1961 年的《朝云观》一书中，就已经出现了此类人物的先声，真凶由于才智超群而自命不凡，自以为可以凌驾于俗世的法度规章之上为所欲为，然而作恶终是为了修炼秘术，相比之下，《中秋案》中的凶手更为自觉而恣肆，纯以恶行自娱，赏鉴玩味给他人造成的痛苦，并为此感到洋洋得意，读罢令人不寒而栗。在此说明一点，对于人性中某些隐微难言的阴暗面，包括由于生理变态而导致的各种心理与精神变态，高公常在书中进行较为深入的剖析，从而使得其作品具有相当的心理深度与情感震撼力。这一明显带有西方现代性的文学特色，在中国传统公案小说中难得一见。

第十回中幽兰所作的《喜重逢》，似是出自十八世纪末朝鲜著名小说《春香传》中的一首诗作：“金樽美酒千人血，玉盘珍馐万姓膏。烛泪落时民泪落，歌声高处怨声高。”此诗后来衍生出多种版本，译者在翻译时也有所借鉴。

第十四回中提到十八年前九皇子谋反的庚戌“真乃

凶年”。英文原作中只说是 Year of the Dog，即狗年，根据《断案集》书后所附的《狄公年表》推算，当指 650 年。值得一提的是，高罗佩先生本人生于 1910 年，也同为庚戌年。

第十七回中鲁禅师所说的“更乐意观赏在野外自由自在的动物”，或许来自高罗佩先生本人的经历与体会。1942 年 7 月 30 日，太平洋战争爆发后，他乘船离开日本、前往非洲，8 月 17 日到达洛伦索马贵斯，“有时我乘小船航行到林波波河上游地区，这是美好的旅行，让我首次看到处于其天然生活状态的河马、鳄鱼和其他野兽”。10 月 19 日，他前去蒙巴萨，“我自己非常喜欢围绕肯尼亚山的几次旅行，我在那儿森林里的猎人树上小屋里待了几个夜晚，不是为了打猎，只是为了在它们的饮水处观察它们。我见证了在一只狮子和一只犀牛之间进行的精彩打斗”❶。

本书中的《金华府图》与第十回“金华府迎宾开夜宴”出自荷文本初版，在译者所能搜求到的五个版本中最为清晰完整。另有一种年代不明的美版英文本，其书中的“金华府迎宾开夜宴”一图略有不同：

---

❶ 《大汉学家高罗佩传》，第 85、88 页。

对比本书原图，明显可见此图有修改过的痕迹，中间居左之人多出一条左臂，居右之人的脸面也有所不同。鉴于此书出版于高公去世之后，因此基本可以断定这张图片应是经过他人修改的结果。

前文提到的法国歌曲《诗人之爱》，实则应为《诗人之灵》，现试译歌词大意如下。在人生的最后时刻，高公为何会反复聆听此曲，后世读者或可从中见仁见智，有所感悟：

诗人消逝已久
他们的歌曲却仍在街中传唱
众人随口吟咏

不在意作者的姓名
也不知道作者的心为谁而激荡
有时会更改一两个词语
当他不免遗忘。

诗人消逝已久
他们的歌曲却仍在街中传唱
或许有一天，在我身后
有人也会吟咏
这歌曲将会平复悲伤
或是带来欢乐
令一个老乞丐得以生存
或是令孩童堕入梦乡
在春日里，在水边的某个地方
从唱机中奏响

诗人消逝已久
他们轻盈的灵魂却仍在街中飘荡
这轻盈的灵魂就是他们的歌曲
令我们快乐，令我们悲伤
无论少男还是少女

普通人还是艺术家

或是那些游子，居无定所，四处流浪

张凌

2020 年 2 月

附录一

高罗佩生平年表[1]

1910—1915

1910 年 8 月 9 日，出生于荷兰祖特芬（Zutphen）市，本名罗伯特·汉斯·范古利克（Robert Hans van Gulik），父亲威廉·雅各布斯·范古利克（Willem Jacobus van Gulik）是荷属东印度皇家军队的军医，母亲贝尔塔·德拉伊特（Bertha de Ruiter），有三兄一姊。后来全家搬至奈梅根（Nijmegen）市。

1915—1923

第一次远渡重洋，与母亲和姐姐乘船前往爪哇。父亲已先行抵达，正在爪哇第二次服役。

先后在泗水和巴达维亚（如今的雅加达）上小学，在学校里接受荷文教育，与家仆和朋友交往时学会了马来语、爪哇语。热爱爪哇皮影戏，11 岁用荷文写成研究文章《皮影》。在当地华人社区里见到汉字和中国寺庙，从此热爱一切与中国有关的事物。

1923—1930

1923年夏天，随家人返回荷兰，进入奈梅根市立高级中学，系统学习法语、英语、德语、拉丁语、希腊语。在校刊上发表了一篇怀念爪哇的散文《来自美丽的岛屿》，激起了文学热情，用法语和荷语写下一些文稿。聘请一位中国留学生作为家教，开始使用中文名“高罗佩”。结识了著名语言学教授乌伦贝克（C. C. Uhlenbeck），跟随他学习梵语和俄语，并合作编辑了一部美洲印第安黑足语字典。

1928年，开始向荷兰中国文化协会主办的学术期刊《中国》投稿，这些关于中国古诗的文章显示出不凡的才华与学识。

1930年6月14日，通过中学毕业考试。

1930—1935

1930年9月，进入莱顿大学，学习东方殖民地法律、印度学（以当时荷属东印度文化为中心的一门学科）、中国与日本的语言和文学。师从著名汉学家、中文教授戴闻达（J. J. L. Duyvendak），但是由于学术观点不同，彼此相

❶ 以扬威廉·范德魏特灵《高罗佩：他的生活，他的著作》一书中的“高罗佩生平概述”为基础，参考《大汉学家高罗佩传》修订补充而成。

处得不甚融洽。继续撰写有关东方艺术和文学的文章，每天练习中国书法，并终生不辍。

1932年2月19日，通过中文和日文的学士学位考试，并用英语完成法律学士论文《荷属东印度华人司法地位的发展》。进入莱顿国家民族学博物馆工作，负责管理东南亚部，学习中文、日文、藏文和梵文。将古印度著名剧作家、诗人迦梨陀娑（Kalidasa）的梵文戏剧《优哩婆湿》（*Urvaçī, een oud-Indisch Tooneelstuk van Kālidāsa*）译成荷文，同年在荷兰海牙出版。

转入乌特勒支大学，师从中文教授托马斯·弗格森（Thomas Ferguson）。1934年4月21日，获得东方语言学硕士学位，硕士论文《米芾及其〈砚史〉》（*Mi Fu on Ink-stones*）后于1936年在北京出版。

1935年3月7日，获得哲学与文学博士学位，并因成绩优异而得到特奖，博士论文《马头明王古今诸说源流考》（*Hayagrīva, The Mantrayanic Aspect of Horse-cult in China & Japan*）同年在莱顿出版。

1935—1942

1935年3月27日，进入荷兰外交部工作，被任命为荷兰驻日本公使馆助理译员，5月2日乘火车前往东京，途中在哈尔滨停留一周。

1936 年初，与同居女友冈谷胜代（Okaya Katsuyo）前往小田原温泉度假时，内心产生了某种顿悟，从此与东方文化达成和谐，著有《小田原的温泉》（*The Hot Spring of Odawara*）一文。继续研究东方文化，结识了中国驻日大使许世英、参赞王芃生与三等秘书孙湜。9 月 10 日，第一次前去北京，购买古琴，造访古琴名家叶诗梦并拜师学艺，从此对古琴十分着迷，开始潜心研究。在长崎考察历史上的荷兰人定居点时，发现 1650 年前后曾有一位明朝僧人东皋在此居住并将中国古琴艺术传入日本，从此开始搜集散落在日本各地的东皋诗文与画作。

1938 年，协助日本上智大学创办《日本文化志丛》，并终生担任董事会成员。

1939 年 7 月 29 日，前往上海旅行，与商务印书馆及一些中国学者建立联系。

1940 年 12 月 26 日，再次前往北京，拜会古琴家关仲航，在某所大学里做了关于东皋禅师的学术报告。

1941 年，《琴道》（*The Lore of the Chinese Lute; An Essay in Ch'in Ideology*）、《嵇康及其〈琴赋〉》（*Hsi K'ang and His Poetical Essay on the Lute*）在东京出版。

太平洋战争爆发后，与同盟国外交人员于 1942 年 7

月30日乘船撤离日本，前往非洲，随身携有《书画鉴赏汇编》《明末义僧东皋禅师集刊》两部书稿和清代公案小说《武则天四大奇案》印本。之前收藏的大量关于中国音乐的书籍和文稿连同艺术品全部毁于战火。8月17日，抵达洛伦索马贵斯（如今的莫桑比克首都马普托），此后辗转于非洲各地，受命从事情报工作。

1943—1946

1943年1月14日，离开埃及首都开罗，与英国学者李约瑟（Joseph Needham）一同乘飞机前往新德里，从此结下友谊。在印度结识了英国D师[1]负责人、学者兼作家彼得·弗莱明（Peter Fleming）。3月15日，前往中国的战时首都重庆，升任荷兰驻华使馆一等秘书。6月结识了在使馆社会事务部工作的水世芳。水女士毕业于齐鲁大学，出身于北京的一个官宦之家。9月11日，宣布订婚。12月18日，举行了中式和西式两场婚礼。

1944年7月，《明末义僧东皋禅师集刊》在重庆出版。9月30日，长子高惠联（Willem Robert van Gulik）出生。

---

❶ 即反日心理战争中心，后来改名为456军。

广泛结交沈尹默、于右任、马衡、傅抱石、冯玉祥等中国各界名流，同时与李约瑟、蒲乐道（John Blofeld）、艾维廉（W. R. B. Acker）等西方汉学家交往密切，参与各种文化活动。1945 年 2 月 25 日，与徐元白、杨少五、梁在平等人成立“天风琴社”。

1946 年 5 月 18 日，抵达北京，拜访岳父水钧韶及其亲属，与安世霖、管平湖、汪孟舒等人切磋琴艺。7 月全家离开中国，在印度短暂度假后，8 月 14 日乘船抵达伦敦，8 月 30 日离开。

1946—1947

1946 年 9 月 13 日，返回荷兰，担任外交部政务司远东处处长。12 月 10 日，次子彼得出生。在工作期间，时常抽空去莱顿大学查阅资料。

1947—1948

1947 年 5 月 17 日，乘船离开荷兰，5 月 26 日抵达纽约，前往华盛顿担任荷兰驻美使馆参赞、远东委员会成员。利用美国大学的便利条件，继续研究东方文化，翻译《武则天四大奇案》。

1948—1952

1948 年 9 月 30 日离开华盛顿，由于海员罢工，在旧金山逗留了一月有余，11 月 18 日抵达东京，担任荷兰驻日本军事代表处顾问。反对日本文字改革（将常用汉字减少到 1 850 个），但是并无效果。

将《武则天四大奇案》前三十回译成英文，命名为《狄公案》（*Dee Goong An: Three Murder Cases Solved by Judge Dee*），1949 年在东京私人印制出版，大获成功。为了自行绘制书中插图，开始研究明代风格的绘画艺术。

为了满足读者的需求，1950 年 3 月写出第一部自创的狄公案小说《铜钟案》，但是由于书中有对佛教徒的消极描写而遭到日本出版商的拒绝，随后写出《迷宫案》。同年在东京出版《春梦琐言》点校本。

1951 年 2 月 28 日，女儿宝琳（Pauline Frances van Gulik）出生。7 月 25 日，《迷宫案》日译本在东京出版。由于出版社要求用裸女图作封面，开始深入研究中国春宫画，写出《秘戏图考》（*Pi-hsi t'u k'ao*, *Erotic Colour Prints of the Ming Period*），同年限量出版 50 册。12 月 12 日，全家乘船离开日本，在香港、新加坡、槟城、仰光、加尔各答等地度假。

1952—1953

1952 年 2 月 17 日，抵达新德里，担任荷兰驻印度使馆参赞。结识中国台湾学者张立斋，在其帮助下将《迷宫案》自译成中文本，命名为《狄仁杰奇案》，后于 1953 年 11 月在新加坡出版。

研究悉昙梵语（日本密教艺术中十分流行的一种书法），写出了关于中国和日本梵文典籍的专著《悉昙》（*Siddham*），后于 1956 年在印度那格浦尔（Nagpur）出版。

1952 年 12 月 5 日，幼子托马斯（Thomas Mathijs van Gulik）出生。

1953—1956

1953 年 9 月，返回荷兰，升任外交部中东及非洲事务司司长。

1955 年，《明代书籍插图》（*De Boek Illustratie in het Ming Tijdperk*）在海牙出版。

为狄公案小说寻找故事素材时，发掘出一部南宋桂万荣所撰的案例集，1956 年，英文译注本《棠阴比事》（*T'ang-yin pi-shih*，'*Parallel cases from under the pear-tree*'）在莱顿出版。《迷宫案》英文本于同年在海牙出版，荷文本后于次年在海牙出版。

1956—1959

1956 年 6 月 12 日，抵达黎巴嫩贝鲁特，升任荷兰驻中东特使与全权代表。当时政治环境极不稳定，因此就任此职具有危险性，但是他很乐于在本地大学里学习阿拉伯语言和宗教。

1958 年 5 月，黎巴嫩爆发内战，荷兰公使馆遭到袭击，独自留在家中继续写作。《书画鉴赏汇编》（*Chinese Pictorial Art as Viewed by the Connoisseur*）在罗马出版。英译本《书画说铃》[1]（*Scrapbook for Chinese Collectors*）在贝鲁特出版，原作者是清人陆时化。《铜钟案》英、荷文本分别在伦敦与海牙出版。《黄金案》荷文本在海牙出版，英文本后于次年在伦敦出版。将短篇小说《除夕案》英、荷文本分别在贝鲁特与海牙私人印制，作为新年礼物赠送给友人。

1959 年，《湖滨案》荷文本在海牙出版，英文本后于次年在伦敦出版。

1959—1962

1959 年 10 月 6 日，抵达吉隆坡，担任荷兰驻马来

[1] 此书是一部关于书画鉴赏的论著，由清人陆时化所作。

亚（如今的马来西亚）大使，促成马来亚国立大学中文系的设立，并作为名誉讲师讲授中国历史。对长臂猿产生兴趣，在家中亲自饲养，开始搜集各种相关资料。

1960 年，《铁钉案》荷文本在海牙出版，英文本后于次年在伦敦出版。

1961 年，《中国古代房内考》（*Sexual Life in Ancient China*）在莱顿出版。《红楼案》英、荷文本分别在吉隆坡与海牙出版。《朝云观》英文本在吉隆坡出版，荷文本后于次年在海牙出版。短篇合集荷文本《六案集》在海牙出版。

1962 年，《漆屏案》英、荷文本分别在吉隆坡与海牙出版。

1962—1965

1962 年 9 月，再次返回荷兰，在外交部调研与资料司工作，次年 8 月 23 日，升任该司的司长。

1963 年，《御珠案》英、荷文本分别在伦敦与海牙出版。《暮之虎》荷文本在海牙出版。与画家弗里茨·克鲁兹曼（Frits Kloezeman）合作绘制狄公案系列连环画。完成了唯一一部以荷兰为背景的探案小说《天赐之日》（*The Given Day*），荷文本在海牙出版，英文本后于次年在吉隆坡出版。

1964 年 3 月，《晨之猿》荷文本作为荷兰书展的礼品书在阿姆斯特丹出版。成为莱顿大学文学系特邀教授。6 月 15 日，被授予荷兰皇家艺术与科学院院士称号。《广州案》荷文本在海牙出版，英文本后于 1966 年在伦敦出版。

1965—1967

1965 年 1 月 22 日，抵达东京，成为荷兰驻日本与韩国大使，达到外交事业的顶峰。将全部藏书运至东京，准备继续做学术研究。中篇合集英文本《猴与虎》在伦敦出版。《柳园图》英文本在伦敦出版，荷文本后于次年在海牙出版。

1966 年，《紫云寺》英文本在伦敦出版。

1967 年，短篇合集英文本《断案集》在伦敦出版，《项链案》英、荷文本分别在伦敦与海牙出版。6 月 15 日，返回荷兰海牙，确诊身患肺癌后，瞒着家人继续全力工作，完成《长臂猿考》（*The Gibbon in China*），同年 9 月在莱顿出版。在病情恶化的前夜，完成最后一部狄公案小说《中秋案》。9 月 22 日被家人送入医院，9 月 24 日 20 点 20 分安然离世。

（张凌　编写）

附录二

狄公案小说备注[1]

《铜钟案》

从1948年11月至1951年12月，我在日本东京的荷兰使馆担任顾问一职，在此期间草创出此书。1949年，我在东京出版了十八世纪中国公案小说英译本《狄公案》（*Dee Goong An*）[2]，《铜钟案》则是我第一次尝试自行创作一部中国公案小说风格的作品。我从《狄公案》中借用了狄公与四名随从，即洪亮、马荣、乔泰、陶干，并保留其各自的性格特征。这个英文本仅是作为将来预备出版的中文本与日文本的底稿，目的在于向中日两国作家展示其古代罪案小说中包含有许多侦探故事的素材。但是，日本出版商认为此书不合时宜，担心其中的反佛教倾向会令信佛的读者感到不快，因此我决定将书稿暂且搁置一阵，并于1950年写出了第二部小说《迷宫案》。

1951年12月，我从东京调任至印度新德里，担任荷兰大使馆参赞。当全家人在香港度假时[3]，我重写了此书的开篇章，并将修改后的文稿寄回日本。1955年，此书在日本月刊《侦探俱乐部》（*Tantei-kurabu*）上分三期发表。1953 年至 1956 年，我在海牙的荷兰外交部非洲与中东司担任司长时，荷兰范胡维出版社（W. van Hoeve Ltd.）请求我将《铜钟案》译成荷文。我重读过文稿后，发觉缺少一个富有戏剧性的结尾，于是决定将梁老夫人改为与林帆仳离疏淡的林妻，因此改写了几处关于她冒充梁老夫人的文字，并在最后一章中加入了新内容。此书定稿之后，于 1958 年出版了英文本与荷文本。

在海牙的三年时间里，我并未创作任何新小说，却为寻找新素材而阅读了许多中国古代案录，因此发现了十三世纪的县令手册《棠阴比事》。此书的英文译注本于 1957 年[4]在荷兰莱顿出版。

《迷宫案》

1950 年，我在日本东京写成此书，并由已故的鱼返

---

❶ 以下三篇文章均由高罗佩先生撰写，从未收入此前公开出版的英文或荷文狄公案小说单行本里，前两篇现存于美国波士顿大学霍华德·高特利档案研究中心（Howard Gotlieb Archival Research Center）的高罗佩收藏（Robert Hans van Gulik Collection）。感谢高罗佩之子托马斯·范古利克先生与该研究中心的授权许可，现将全文译出。

❷ 高罗佩将清代长篇公案小说《武则天四大奇案》（共六十四回）的前三十回译成英文，命名为《狄公案》。

❸ 根据《大汉学家高罗佩传》所述，1951 年 12 月 12 日，高罗佩全家乘船离开日本横滨，前往香港，1952 年 1 月 16 日乘船离开香港，经过新加坡、槟城和仰光，前往加尔各答。

❹ 此处有误，应为“1956 年”。

善雄（Ogaeri Yukio）教授立即译为日文。他既是知名的日本汉学家，也是我的朋友。这一日译本由野间先生创办的讲谈社（Kodan-sha）出版，命名为《迷路之杀人》（*Meiro no satsujin*）。由于二战后在日本兴起了“裸体主义”，出版商要求我在设计封面时加入裸女。我表示不能如此行事，因为我想让自己的插图保持纯正的中国古典风格，基于儒教传统的束缚，中国绝不可能发展出描绘裸体的艺术流派。但是出版商让我设法去查证此事，于是我给几十家熟悉的中日旧书店发去同样的信件，询问他们是否收藏有明代裸体画。我当然没有打算研究十九与二十世纪在中国港口城市里出售的粗俗的色情画。结果全部答复都是否定的，唯有两个例外：一位上海的书商回复说有人收藏了一些明朝末年的色情图册，愿意让我描摹下来；另外一位京都的古董商也说藏有一套明代春宫图的刻版，其中有大幅的男女裸体。我购入这些刻版，并描摹了上海收藏家的图册，自此发现在中国确实存在过裸体艺术，后来又继续研究，结果写出了《秘戏图考》（1951 年在东京私人印制了 50 册）与《中国古代房内考》（1961 年在莱顿出版）。要说写作侦探小说对于我的东方研究产生的直接影响，此事便是许多实例中的一个。在《迷宫案》日译本的封面上终于出现了裸女，我在插图中加入的其他裸女皆是来自这些明代图册。

1952 年，我在印度新德里将《迷宫案》译成中文，次年返回荷兰，后来范胡维出版社出版了英文原稿。此书引起了英国伦敦迈克尔·约瑟夫出版社（Michael Joseph Ltd.）的注意，他们后来推出了《铜钟案》以及其他三部“第一系列”的狄公案小说。

《湖滨案》

1952 年，我在印度新德里写成此书，为的是最终出版中文本。然而因为其他事务的介入，手稿被就此搁置起来，直到 1957 年我担任荷兰驻黎巴嫩与叙利亚公使时，出版商想要一部新的狄公案小说，我才重又取出披阅，并完全重写了此书，加上一个全新的开头，用丝绸商刘飞波取代了朝廷大臣作为罪犯。虽然此书比《铜钟案》和《迷宫案》更胜一筹，在我看来还是过于复杂而冗长。我计划日后重写一个更为简略的版本。

《黄金案》

1956 年，我在黎巴嫩贝鲁特和叙利亚大马士革写成此书，后来依照第一稿出版。我在手稿中加入了写作的时间表和借用的中国案例简述。我花了大约六周时间写这本书，没有做过大的改动，头一次确信终于找到了一种既能使自己满意、同时也能被东西方读者所接受的方式。取得进步的一个标志就是此书中有 22 个人物，相比之下，《铜钟案》里有 27 个，《迷宫案》里有 24 个，《湖滨案》里有 26 个。我感到前三部小说应该重写，而《黄金案》则不必。狄公的几名随从在此书中已变得真实生动，其他人物也具有真实的性格，比如海月法师和曹小姐，但是曹鹤仙有些过度，并不具备足够的说服力。

《铁钉案》

1958 年夏天，黎巴嫩发生了激烈的内战，我在贝鲁特写出了第五部小说，当时的可怖气氛也体现在此书中。我的住宅正好位于政府军和叛乱分子之间，虽然双方都尽力避免攻击到此处，我仍在花园里发现了一些爆破筒，并且所有的窗户都被持续不断的枪火震碎。我把妻子儿女和家仆送到山中，独自一人度过漫长的宵禁之夜，在一个位于角落的房间里写作此书，外面唯闻阵阵枪声。此书后来依照手稿出版。由于我把它当作最后一部狄公案小说，因此对次要角色也考虑颇多，想让他们显得真实生动。但是我仍然需要 22 个人物。我还加入了一篇较长的后记，用于解说构思与创作方法。

《漆屏案》

我已经表示《铁钉案》将是最后一部小说，但是出版商还想要更多作品。我感觉必须改变写作方式，于是决定开始创作“新系列”，即只让狄公的一名随从出场，从而简化情节，以便有更多的空间来描写故事中的人物。我还决定去掉中国式的章节回目，将时间限定在几天之内，使得故事更加紧凑。1958 年 10 月至 11 月，我写出了“新系列”的第一部小说，后来依照原稿出版。1958 年秋天，我与家人去希腊做短期旅行，乘坐汽车经过景致宜人的乡间，在漫长却令人愉快的旅途中，我构思出此书的情节。灵感主要来自一架精美的明代朱漆屏风，是我 1949 年在东京购买的，如今仍然收藏在家中。此书中的人物数目缩减至 14 个，我感觉人人都性格饱满。至于出版过程，请参见《红楼案》部分。

1956—1959 年，我在贝鲁特收获颇丰，不但写出了四部狄公案小说，还修订了《书画鉴赏汇编》（1958 年在意大利罗马出版），完成了《书画说铃》英文译注本（1958 年在贝鲁特出版），写作并私人出版了第一个狄公案短篇小说《除夕案》。我印制了 200 本，于1959年1月赠送给亲朋好友作为新年礼物。这一短篇后来收入短篇合集《断案集》一书中，计划1967年初由海涅曼出版社（*William Heinemann Ltd.*）出版。

《朝云观》

从1958年11月22日到1959年1月中旬，我在贝鲁特写出了“新系列”第二部小说，后来依照原稿出版。此书的主要情节与北京著名的道观白云观有所关联。我曾与白云观住持安世霖相识，他既是一位很有造诣的古琴演奏家，也是一位出色的学者，我在北京时，经常参加白云观中举行的文学和音乐集会。后来，有人发现他与一些年轻女人存在不正当的关系，1947年，观内愤怒的道士将他活活烧死❶。在此书中，我只写了12个人物，狄公身边只有陶干一人相随。

《红楼案》

写作《朝云观》给我带来了很多乐趣，以至于在六周之内，我开始写作“新系列”第三部小说《红楼案》。

❶ 白云观住持安世霖与监院白全一被观内道士放火烧死，实则发生在1946年11月11日。

从1959年3月22日至4月22日，我在一个月之内完成此书。故事以阿虾阿蟹这两个人物展开，他们多少出自我的想象，整个故事围绕这二人建构起来，我仍然认为是我的最佳创作之一。

在半年之内，我已完成了“新系列”的三部小说。1959年夏天，我接到来自海牙的通知，秋天时将会出任荷兰驻马来亚（如今的马来西亚）大使。伦敦的迈克尔·约瑟夫出版社告知我说虽然很喜欢“新系列”的三部小说，但是不想立即出版，并且每年出版不会超过一部。于是我决定换一家愿意一年出版两部小说的出版社，与此同时，我也急于看到公众对“新系列”有何评价。到达吉隆坡之后，我结识了一位年轻有为的华人出版商，他主管着一家名叫艺术印刷社（Art Printing Works）的工厂，只印过戏票、节目单和小册子之类，很想尝试印制书籍。我们达成协议，由我出资，由他负责印刷2 000册《红楼案》，然后推向东南亚地区，销售提成为5%。我亲自设计封面、选择字体，并亲自监督整个印制过程，从中得到了极大的乐趣。中文报刊上的好评令我十分鼓舞。此书的销售状况很好，使我不但收回了成本，还赚到了一笔可观的利润。我以同样的方式又印制了《朝云观》和《漆屏案》，这三部小说在西方报刊上也获得了好评（来自安东尼·鲍彻[1]与美国《新闻周刊》），由此我了解到在“新系列”中，我已找到了正确的方式，于是开始写作下一部《御珠案》。

《御珠案》

从1960年3月5日至4月8日，我在吉隆坡写出了“新系列”第四部小说。八年之后，我再次回到远东，再次与华人时常接触。我阅读了许多中国的新旧小说，多少失去了一些在贝鲁特时感到的自信。我还定期去中国剧院，戏剧的强烈感召力使我对自己小说的质量产生了怀疑。1960年夏天，我决定重写此书，以古董商杨掌柜代替医生卞嘉作为罪犯，还将书名由《龙船案》改为《御珠案》。在此之后，我将手稿搁置起来，因为我的业余时间全部用于监督印制前三部小说。

《广州案》

从1961年冬天到1962年春天，我在吉隆坡写出了“新系列”第五部小说。我打算将此书作为狄公案系列的真正终章篇，因而寻求一个全新的背景和全新的故事。我

---

[1] 安东尼·鲍彻（Anthony Boucher，1911—1968），美国知名作家、评论家与编辑，曾创作过几部经典的神秘小说与科幻小说。

第一次决定选择一个真实的中国城市作为故事发生的地点，于是选择了阿拉伯人聚居的广州，如此一来，我就可以运用在中东居住时获得的经验。为了写作此书，必然需要做许多历史研究，在手稿资料中附有一个绿皮笔记本，里面有我写下的笔记。此书的写作并非一次完成，而是艰苦地逐渐进行，整个过程颇为不易。我试图将许多原始资料融入书中，结果使得故事散乱、节奏拖沓。评论者显然很欣赏书中新奇的历史细节，包括中国人对于其他亚洲人的看法。虽然他们给与了好评，但是我个人认为此书比前三本书有所不及。在《铁钉案》里，我安排洪亮殉职，在这部终章篇里，我又让乔泰送命。我没有将马荣写入本书，因为他的出场将会使情势变得更为复杂。由于他生性多情，我在书中偶然提到他已娶了一对孪生姐妹并安心居家度日，这一闲笔为我提供了创作下一部小说《柳园图》的灵感。

《柳园图》

在吉隆坡印刷出版《朝云观》《红楼案》《漆屏案》是一段非常有趣且有益的经历，在经济上也令人满意。但是当这几本书广受欢迎、订单纷纷飞来、要求加印好几百册时，我和印刷厂主都意识到这项工作增长过快，以至于我们无法应对。我转而联系伦敦的海涅曼出版社，他们同意再版这三部小说以及《御珠案》《广州案》，之后每年推出两部小说，同时斯科里布纳出版社（Scribners）也将推出美国版本。海涅曼出版社对我说，他们认为超过五部的"新系列"会有很好的市场，暗示我继续创作终章篇《广州案》之前的故事。马荣娶孪生姐妹给了我写作新小说的灵感，这一故事在时间上发生在《广州案》之前。从马来亚调回海牙、担任外交部调研司的司长后，我写出了《柳园图》，其荷文本首先在每日发行的《电讯报》（*De Telegraaf*）上连载，后来由海涅曼出版社依照原稿印刷出版。在手稿中附有一些信件，我曾与自来水厂的前总管尚克先生探讨物体投入水流中的漂移轨迹，向友人汉纳菲尔德医生咨询瘟疫的症状。我还研究了青花瓷，并将结果简要记录在此书的后记中。

就在那时，阿姆斯特丹的天鹅漫画企业联合会（Swan Features Syndicate）[1] 与我接触，想要为荷兰与斯堪的纳维亚的日报创作狄公案漫画，由我写出故事情节，并培训一名职业画师绘成图画。这又是一个极富教益的经

---

[1] 这是一家荷兰公司，专门向世界各地的报刊提供荷兰艺术家绘制的漫画，1953 年由安东·德斯万（Anton de Zwaan）创立。在此感谢荷兰学者饶抱思（Piet Rombouts）先生提供的信息。

历，它教会了我如何将故事图像化，并利用完全形象化的线索。我将这些漫画故事中的《紫云寺》写成了长篇小说。在完成此书之前，我被任命为荷兰驻日本大使，同时负责韩国事务。1965 年 1 月，我与家人离开了海牙。

在海牙时，我还写出了以阿姆斯特丹为背景的惊险小说《天赐之日》，其英文本于 1964 年在吉隆坡出版，荷文本于 1963 年由范胡维出版社出版。

《紫云寺》

1965 年 2 月，我来到东京，完成了“新系列”的第六部小说[1]。我选择兰坊作为地点，《迷宫案》就发生在这个边陲小城里，我可以再次加入突厥因素。许多读者给我写信，表示对于洪亮的逝去感到遗憾，还有一些读者表示想要看到更多关于狄公家庭生活的描述。因此，在这部小说里，我安排洪亮和马荣出场，并给狄公的三位妻子留出一些篇幅。此书后来基本依照原稿而出版。

《猴与虎》

从 1958 年起，我偶尔写过狄公案短篇小说，1961 年曾

[1] 此处有误，应为第七部。

将六篇合为一书，出版过荷文本。1964 年，荷兰举办国家图书周，中篇《四指案》作为礼品书单独出版。另有一部《暮之虎》曾在 1963 年由范胡维出版社以口袋本的形式出版。1965 年，海涅曼出版社将这两部中篇小说合为一册出版，命名为《猴与虎》，斯科里布纳出版社也推出了美国版。这两部小说的手稿已被我遗失。1963 年，我在海牙完成了《暮之虎》，《晨之猿》写于同年后期。后者或多或少是一个常规故事，由狄公与陶干一起办案，然而前者却是狄公独自一人办案，被我视为自己的最佳创作之一。

《断案集》

海涅曼出版社计划在 1967 年初出版八部短篇小说合集，命名为《断案集》。我在书中附上了迄今为止出版的所有狄公案小说的年表，并注明各篇中出现的一些人物和事件，作为前后对照之用。所有作品并非以出版或写作的时间顺序而排列，而是严格依照虚构的狄公生平经历。如果读者按照这一顺序阅读的话，将会全面了解狄公的整个仕途生涯。

《断案集》计划作为“新系列”第八部小说[1]出版，

[1] 此处有误，应为第九部。

也是最后一部。但是海涅曼出版社对我说，市场上对于狄公案小说仍有大量需求，希望我尝试再找出一种新的写作方式，以创作“新新系列”作品。1966年初，我在东京仔细考虑了这一意见，认为关于狄公的四名随从，已经没有多少新内容可以叙写，不过关于狄公本人，仍然存在着许多令人起兴的可能性。于是我决定再写几部狄公独自一人办案的小说，正如《暮之虎》一样。根据这一方式，我在1966年创作了“新新系列”的《项链案》与《中秋案》，海涅曼出版社已同意在1967年出版。我很高兴海涅曼出版社建议我写出这两部作品。

我已经认识到，在过去的十五年中，写小说已成为我生活中不可或缺的一部分，正如我的学术研究一样必不可少。如果没有学术研究，我就不能将外交工作继续下去，因为它只是一种具有暂时意义的事务。学术研究为我提供了一个令人愉悦的避难所，因为在学术研究中，一切事物都具有永久的价值，甚至错误也是一样，这些错误可以使得他人继续进步。但是，如果将学术研究看得很严肃，就不得不成为事实的奴隶，个人想象力就会受到严格的约束。在写小说时，一个人无疑将会成为事实的主宰，可以任意发挥想象力。因此，写小说已成为我不可缺少的第三项工作，令我得以放松，并能使我的外交工作和学术研究充满活力。

高罗佩

1966 年 12 月，东京

附录三

狄公案小说插图备注

在1949年出版的十八世纪中国公案小说英译本《狄公案》中，我使用了二十世纪的插图，由于质量不高，于是设法自行绘制出明代风格的插图，头一次尝试遭到惨败，由于画得过于拙劣粗陋，结果被我从德文版《狄公案》中删去。我为第一部狄公案小说《铜钟案》所画的插图稍有改进，主要是因为当时得到了一些精美的明代木刻插图可供参考。在此书与后来的小说中，我多是利用明版《列女传》❶与《列仙全传》❷中的整幅插图，其中的裸体人物则是模仿同一时期的春宫图册。

我收集在此处的草图和废弃的图稿，显示出书中大多数插图是组合而成的，其中一部分是用薄纸从中国原画上直接描摹下来的细处（主要是服饰、家具、形状奇特的树木、花卉与建筑造型），一部分是我的独立创作。由于中国插图是严格的线描画，因此不曾留下用阴影或其他方式进行修改的余地。在达到理想的效果之前，我不得不多次重画每一张插图。我一向使用透明的纸张，借此便可迅速重画出一张将被废弃的图样。

由于某些西方评论家断言我的插图是“非中国的”，我在此处收入了一册中国明代戏剧的重印本，其中包括原有插图的摹本，可以用来与我所绘的插图作一比较。

或许还须补充一句：狄公案小说的封面设计基本都是由我完成的。正如出版合同中的条款所言，出版社的画师所做的设计，将首先由我过目并表示赞同。

高罗佩

1966 年 12 月，东京

---

❶ 此书是一部介绍中国古代妇女事迹的传记性史书，由西汉刘向编撰而成，明人汪道昆后来在其基础上编成明版《列女传》，采用上文下图的形式，其插图由明代著名画家、吴门四家之一的仇英（十洲）所绘。

❷ 此书是明朝万历年间的一部道家传说故事集，据称由王世贞编辑而成，疑为刊行者汪云鹏所伪托。全书共九卷，附有精美插图。

附录四

中国书法备注

1930—1935

我坚持每天练习书法，迄今已有三十年。我写出了具有个人风格的字体，中日两国学者皆可辨识。

我选择了“高罗佩”作为我的中文名，“高”代表 Van Gulik（范古利克）中的 Gu，“罗佩”则是 Robert（罗伯特）的音译。多年以来，我一直使用这个名字，并以此在东方为人所知。

1935—1942

当我在日本和中国参与的文化活动日益广泛时，事实证明有必要在常用的中文名“高罗佩”之外，另取一个表字。于是我选择了“芝台”，意为“长寿灵芝草丘台”，因为荷兰公使馆位于东京芝区的一个小丘上，“芝台”二字正好也具有更深刻的道教涵义。我将自己的书斋命名为“集义斋”，意指早期荷中关系，这是中国人在十九世纪时给广州的荷兰工厂所起的商行名称。后来，依照中国人的习惯，我更改过几次书斋名，都是根据生活中发生的变化。由于这些名字经常出现在我的出版物和书画作品上，因此记录如下。1941 年，我已收集了大量关于中国音乐的书籍和文稿，并在家中专辟一室储存，称之为“中和琴室”。

1942 年，当我得知自己的全部收藏品在战争中无一幸存时，将在重庆的小书斋命名为“犹存斋”，这里涉及中国文学中的一个隐喻：“我丧失了所有的财物，留下的唯有坚定的志向。[1]”

当我订婚时，中国友人指出“犹存斋”已不再适用，应取一个更为浪漫的名字，于是我把它改为“吟月庵”。

过了十年，当我升任大使馆参赞后，被告知说对于如此级别的官员而言，这一书斋名显得过于轻浮，于是我再次把它改为“尊明阁”。我在此处取的是“明”的字面意思，因为在这个令人困惑的年代里，我们人人都需要清晰明净，并且它也意指“明朝”，是中国文化里与我最心有戚戚的时代。这个书斋名至今（1964 年）仍在使用。

我非常喜爱手工技艺，因此学会了中国篆刻，并为所有这些不同的名字刻制了印章。

高罗佩

---

[1] 猜测取自魏征《述怀》中的“慷慨志犹存”。

附录五

高罗佩狄公案小说中、英、荷文本名对照表

中　文	英　　文	荷　　文
黄金案	*The Chinese Gold Murders*	*Fantoom in Foe-lai*
五祥云	Five Auspicious Clouds	Vijf Gelukbrengende Wolken
公文案	The Red Tape Murder	Moord en Ambtelijke Haarkloverij
雨中客	He Came with the Rain	Hij Kwam met de Regen
漆屏案	*The Lacquer Screen*	*Het Chinese Lakscherm*
湖滨案	*The Chinese Lake Murders*	*Meer van Mien-yuan*
晨之猿	The Morning of the Monkey	Vier Vingers
朝云观	*The Haunted Monastery*	*Het Spookklooster*
莲池案	The Murder on the Lotus Pond	De Moord op de Lotusvijver
铜钟案	*The Chinese Bell Murders*	*Klokken van Kao-yang*
两乞丐	The Two Beggars	De Twee Bedelaars
夺命剑	The Wrong Sword	Het Andere Zwaard
项链案	*Necklace and Calabash*	*Halssnoer en Kalebas*
红楼案	*The Red Pavilion*	*Het Rode Paviljoen*
中秋案	*Poets and Murder*	*Moord op het Maanfeest*
御珠案	*The Emperor's Pearl*	*De Parel van de Keizer*

续 表

中 文	英 文	荷 文
迷宫案	*The Chinese Maze Murders*	*Labyrinth in Lan-fang*
紫云寺	*The Phantom of the Temple*	*Het Spook in de Tempel*
太子棺	The Coffins of the Emperor	De Doodkisten van de Keizer
除夕案	Murder on New Year's Eve	Moord op Oudejaarsavond
铁钉案	*The Chinese Nail Murders*	*Nagels in Ning-tsjo*
暮之虎	The Night of the Tiger	De Nacht van de Tijger
柳园图	*The Willow Pattern*	*Het Wilgenpatroon*
广州案	*Murder in Canton*	*Moord in Canton*

附录六

高罗佩狄公案小说重要版本一览表

年代	书　名	出　版　社
1951	《迷宫案》❶（日文）	讲谈社，东京，日本
1953	《狄仁杰奇案》❷（中文）	南洋商报社，新加坡
1955	《铜钟案》❸（日文）	共荣社，东京，日本
1956	《迷宫案》❹（英文）	范胡维出版社，海牙，荷兰
1957	《迷宫案》❺（荷文）	范胡维出版社，海牙，荷兰
1958	《铜钟案》❻（荷文）	范胡维出版社，海牙，荷兰
1958	《铜钟案》❼（英文）	迈克尔·约瑟夫出版社，伦敦，英国
1958	《黄金案》❽（荷文）	范胡维出版社，海牙，荷兰
1958	《除夕案》❾（荷文）	范胡维出版社，海牙，荷兰
1958	《除夕案》❿（英文）	天主教印刷社，贝鲁特，黎巴嫩
1959	《黄金案》⓫（英文）	迈克尔·约瑟夫出版社，伦敦，英国
1959	《湖滨案》⓬（荷文）	范胡维出版社，海牙，荷兰
1960	《湖滨案》⓭（英文）	迈克尔·约瑟夫出版社，伦敦，英国
1960	《铁钉案》⓮（荷文）	范胡维出版社，海牙，荷兰
1961	《铁钉案》⓯（英文）	迈克尔·约瑟夫出版社，伦敦，英国
1961	《红楼案》（英文）	艺术印刷社，吉隆坡，马来西亚
1961	《朝云观》⓰（英文）	艺术印刷社，吉隆坡，马来西亚

续表

年代	书名	出版社
1961	《红楼案》（荷文）	范胡维出版社，海牙，荷兰
1961	《六案集》⓱（荷文）	范胡维出版社，海牙，荷兰
1962	《朝云观》（荷文）	范胡维出版社，海牙，荷兰
1962	《漆屏案》（英文）	艺术印刷社，吉隆坡，马来西亚
1962	《漆屏案》⓲（荷文）	范胡维出版社，海牙，荷兰
1962	《迷宫案》（英文）	迈克尔·约瑟夫出版社，伦敦，英国
1963	《御珠案》（英文）	海涅曼出版社，伦敦，英国
1963	《御珠案》（荷文）	范胡维出版社，海牙，荷兰
1963	《朝云观》（英文）	海涅曼出版社，伦敦，英国

---

❶ 此日译本名为《迷路の殺人》，译者鱼返善雄，江户川乱步为此书作序。

❷ 即《迷宫案》中文本，由高罗佩先生自撰。

❸ 此日译本名为《つり鐘の秘密》，连载于杂志《侦探俱乐部》，译者沼野越子，又名照山越子。

❹ 原文意为“中国迷宫案”。

❺ 原文意为“兰坊迷宫”。

❻ 原文意为“皋阳钟”。

❼ 原文意为“中国铜钟案”。

❽ 原文意为“蓬莱鬼”。

❾ 原文为 *Oudejaarsavond in Lan-fang*，意为“兰坊除夕”。

❿ 原文为 *New Year's Eve in Lan-fang*，意为“兰坊除夕”。

⓫ 原文意为“中国黄金案”。

⓬ 原文意为“沔源湖”。

⓭ 原文意为“中国湖滨案”。

⓮ 原文意为“宁州钉”。

⓯ 原文意为“中国铁钉案”，并有副标题“狄公的最后三案”。

⓰ 原文意为“道观鬼影”，荷文本同。

⓱ 原文为 *Zes Zaken voor Rechter Tie*，意为“狄公六案”，收入《公文案》《莲池案》《两乞丐》《夺命剑》《太子棺》《除夕案》六篇。

⓲ 原文意为“中国漆屏”。

续　表

年代	书　　名	出　　版　　社
1963	《暮之虎》（荷文）	范胡维出版社，海牙，荷兰
1964	《晨之猿》❶（荷文）	书店利益促进协会，阿姆斯特丹，荷兰
1964	《红楼案》（英文）	海涅曼出版社，伦敦，英国
1964	《漆屏案》（英文）	海涅曼出版社，伦敦，英国
1964	《广州案》（荷文）	范胡维出版社，海牙，荷兰
1965	《黄金案》❷（日文）	讲谈社，东京，日本
1965	《猴与虎》❸（英文）	海涅曼出版社，伦敦，英国
1965	《柳园图》（英文）	海涅曼出版社，伦敦，英国
1966	《柳园图》（荷文）	范胡维出版社，海牙，荷兰
1966	《广州案》（英文）	海涅曼出版社，伦敦，英国
1966	《紫云寺》❹（英文）	海涅曼出版社，伦敦，英国
1967	《断案集》（英文）	海涅曼出版社，伦敦，英国
1967	《项链案》❺（英文）	海涅曼出版社，伦敦，英国
1967	《项链案》（荷文）	范胡维出版社，海牙，荷兰
1968	《紫云寺》（荷文）	范胡维出版社，海牙，荷兰
1968	《中秋案》（荷文）	范胡维出版社，海牙，荷兰
1968	《中秋案》❻（英文）	海涅曼出版社，伦敦，英国
1969	《五祥云》❼（荷文）	范胡维出版社，海牙，荷兰

❶ 原文为 *Vier Vingers*，意为“四指案”。
❷ 此日译本名为《黄金の殺人》，译者沼野越子。
❸ 收入《晨之猿》《暮之虎》。
❹ 原文意为“佛寺幽灵”，荷文本同。
❺ 原文意为“项链与葫芦”，荷文本同。
❻ 原文意为“诗人与谋杀”。
❼ 收入《五祥云》《雨中客》《晨之猿》。

Robert van Gulik
POETS AND MURDER
根据 Heinemann 1968 年初版译出

图书在版编目(CIP)数据

中秋案/(荷) 高罗佩(Robert van Gulik)著；
张凌译. —上海：上海译文出版社，2021.7 (2024.7 重印)
(大唐狄公案)
书名原文：Poets and Murder
ISBN 978-7-5327-8628-2

Ⅰ.①中… Ⅱ.①高… ②张… Ⅲ.①侦探小说-荷兰-现代 Ⅳ.①I563.45

中国版本图书馆 CIP 数据核字(2021)第 123653 号

中秋案
[荷兰] 高罗佩 著 张凌 译
责任编辑/顾真 装帧设计/张志全工作室

上海译文出版社有限公司出版、发行
网址：www.yiwen.com.cn
201101 上海市闵行区号景路 159 弄 B 座
苏州市越洋印刷有限公司印刷

开本 889×1194 1/32 印张 8.5 插页 4 字数 97,000
2021 年 8 月第 1 版 2024 年 7 月第 5 次印刷
印数：19,001—21,000 册

ISBN 978-7-5327-8628-2/I・5327
定价：48.00 元